KB037733

나는
에티하드
항공
승무원
입니다

나는 에티하드 항공 승무원입니다

초판 1쇄 발행 2018년 03월 26일

지은이 박혜경

펴낸이 김왕기
주 간 맹한승
편집부 원선화, 이민형, 조민수, 김한솔
마케팅 임동건
디자인 푸른영토 디자인실

펴낸곳 (주)푸른영토
주소 경기도 고양시 일산동구 장항동 865 코오롱레이크폴리스1차 A동 908호
전화 (대표)031-925-2327, 070-7477-0386~9 팩스 | 031-925-2328
등록번호 제2005-24호(2005년 4월 15일)
홈페이지 www.blueterritory.com
전자우편 designkwk@me.com

ISBN 979-11-88292-46-2 03810

에티하드 항공 부사무장, 주나쌤의 4만 피트 상공에 핀 아름다운 도전!

나는 에티하드 항공 승무원입니다

박혜경 지음

푸른영토

Prologue

당신의 최종 목적지는 어디입니까?

세상이 정해놓은 인생을 거부하다 ✈

"뭐, 네가 외국 항공사 승무원이 되겠다고?"

대학교를 휴학하고 소위 말하는 스펙이라고는 하나도 없던 내가 승무원이 되겠다고 했을 때, 나를 믿어준 몇몇 사람을 제외한 지인들은 콧방귀를 뀌었다. 또한 학원의 관계자마저도 내 이력서를 보고 안 될 것이라고 단언했었다. 그런 그들의 눈에 아무 것도 가진 것이 없던 내가 승무원이 되겠다니!

하지만 그들의 말과 시선에 나는 흔들리지 않았다. 아니 오히려 지렁이가 밟으면 꿈틀하듯이 나는 심하게 꿈틀대기 시작했다. 그리고 정확하게 승무원이 되겠노라 선포한지 한 달 반 만에 세계 굴지의 항공사인 에미레이트 항공에 100:1의 경쟁률을 뚫고 당당하게 입사하였다. 나는 그렇게 나를 바라보던 세상의 시선과 편견에 굴복하지 않고, 나에게 절대 안 될 것이라고 단언했던 사람들에게 멋지고 강력한 펀치 한방을 날리게 되었다.

내가 이 책을 쓰게 된 계기는 바로 여기에 있다. 나를 바라보는 주변의 부정적인 시선은 나의 현실이 아니라, 다만 그들의 생각일 뿐이다. 제자를 양성하면서 많은 친구들이 주변의 시선에 주눅이 들거나 그들의 말 한마디에 의기소침해지는 것을 종종 목격하게 되었다. 그리고 늘 나에게 묻는다.

"선생님, 제가 승무원이 될 만한 자질이 있는 걸까요?"

나는 묻고 싶다. 왜 이 질문에 대한 답을 다른 사람에게 찾으려고 하는지 말이다. 이 질문에 대한 답은 본인이 가지고 있어야 한다. 강한 믿음과 함께 말이다.

내가 처음 승무원을 준비한다 했을 때, 나는 이상하리만큼 나에 대한 강한 믿음이 있었다. 그것은 영어구사능력도, 다른 언어능력이나 학벌 등 스펙도 아닌 서비스 업종에서 오래 일하면서 내 스스로 만들어 온 '서비스에 대한 자신감'이었다. 난 이 믿음으로 당연히 사람 볼 줄 아는 항공사라면 나를 꼭 뽑을 것이라고 생각했다. 나의 가능성을 알아봐 줄 것이라고 믿었기 때문이다. 그리고 이 믿음은 결코 나를 배신하지 않았다.

강의를 하다 보면 나는 늘 이 점이 안타까웠다. 많은 재능과 자질, 그리고 가능성을 내포하고 있는 친구들이, 나보다 더 멋진 친구들이 자신에 대한 믿음이 부족하다 보니 사소한 일에도 쉽게 상처받거나 무너졌다.

그래서 나는 이 책을 통해서 스스로의 능력과 가능성에 늘 물음표를 달고 살아가는 사람들에게 나의 이야기를 통해서 물음표가 아닌 느낌표를 달아주고자 한다. 그 느낌표를 가지고 "나도 당연히 할 수 있다!"라는 믿음으로 용기를 낸다면 원하는 대로 자신의 인생을 디자인해 나갈 수 있다고 믿기 때문이다.

인생 제 2의 도약을 하다 ✈

하늘을 나는 비행기가 직장인 삶, 오늘은 파리에서 브런치*Brunch*를 먹고 내일은 런던에서 디너저녁을 먹는 삶, 비행기를 KTX 타고 다니듯이 타고 다니고 전 세계를 내 집 드나들 듯이 다니는 삶. 멋지지 않은가?

나는 이 직업을 통해 누군가에게는 선망의 대상이 되었고, 경제적으로 윤택해져서 가족에게는 실직적인 도움을 줄 수 있었다. 또한 한국여행 가는 것보다 외국여행을 가는 것을 더 쉽게 만들어 주었다. 이와 함께 우리 가족의 삶의 질도 점점 올라갔고 거기에 여유와 멋짐이 더해졌다.

또한 능력으로만 평가받는 이곳에서 나는 전문 커리어 우먼으로서 경력을 쌓아갈 수 있었다. 120여 개국의 승무원들을 이끌고 비행하면서 리더십과 의사소통능력, 상황대처능력 등 다양한 부분에서 나도 놀랄 정도로 성장하고 있는 내 모습을 보면 가슴 벅차기까지 하다. 성장하는 만큼 보이는 것이 달라지고 꿈꾸는 것이 달라지기 시작했다.

나에게 승무원은 더 나은 미래를 위한 꿈을 꾸고 실현시켜주는 디딤돌이 되어 주었던 것이다.

나는 여러분 역시 자신의 삶에 특별함을 더하기를 바란다. 승무원이라는 직업을 통해서 멋진 삶을 살면서 꿈 너머 꿈을 꾸고 실현하면서 발전하는 삶을 살기를 바란다. 그리고 누구나 그런 삶을 살 수 있다는 것을 이 책을 통해서 보여주고 싶다. 또한 승무원이 인생 목표의 끝이 아닌 시작이라는 것도 함께 알려주고 싶다.

나의 최종 목적지는 어디일까?

내 인생의 길은 나의 선택으로 정해져야 한다. 남들이 뭐라고 하든지 내 가슴이 시키고 원하는 길이라면 나는 가보라고 말하고 싶다. 그래야 후회를 해도 그 경험은 온전하게 나의 것이 될 수 있다. 물론 선택을 했다면 그 선택이 무엇이든지 후회하지 않게 만들기 위해서 최선의 노력을 다해야 한다.

나는 남들과는 조금 다른 길을 걸어왔다. 그 길을 걸으면서 차이고 찢기고 넘어지기도 했다. 하지만 온전히 내가 선택한 길이었기에 그 누구를 탓할 수도 탓하고 싶지도 않았다. 그런 나의 자세는 성장과 발전이라는 결과로 나에게 다가왔다.

나의 최종 목적지는 메신저의 삶이다. TV와 라디오, 그리고 각종 오프라인 강연 등을 통해서 나는 나의 스토리로 다른 이들의 삶에 선한 영향을 미치고 싶다. 내가 겪은 실패와 좌절, 성공과 성취를 함께 나누면서 그들에게 스마트컷*경험자의 조언으로 현명하고 빠르게 가는 길*을 제시함으로써 그들의 시행착오를 줄여 그들이 조금이라도 빨리 원하는 삶을 사는데 도움을 주고 싶다. 또한 아무것도 가진 것이 없었던 나, 박혜경이라는 사람도 했으니 당신도 할 수 있다는 희망의 메시지와 함께 그들에게 강한 동기부여를 전하고 싶다.

나의 이야기가 다른 이에게 그렇게 좋은 영향을 미치고 그들의 하루에, 그들의 인생에 변화를 만들어주는 삶.

이것이 내가 가려고 하는 최종 목적지이자 이 책의 존재 이유이다.

Special thanks to ✈

마지막으로, 늘 저자의 든든한 버팀목이 되어주는 나의 정신적 지주이신 존경하는 어머니 장희자 여사님과 아버지 박영배님, 그리고 내 인생의 전부이자 삶의 원동력인 나의 사랑스러운 아들 심율, 늘 묵묵히 저자의 편에서 할 수 있다는 용기와 믿음을 준 언니 박수경님과 형부 김철승님에게 많은 사랑과 감사의 마음을 전한다. 저자와 함께 거친 비바람 속에서도 믿음으로 함께 걸어준 가족이 있었기에 오늘도 나는 꿈 너머 꿈에 도전하면서 삶을 새롭게 디자인해 나갈 수 있다.

이 책이 나오기까지 항상 응원의 메시지를 보내준 나의 사랑스러운 제자들과 물심양면 도와준 박보윤, 남들이 안 된다고 할 때 나에게 할 수 있다는 믿음과 응원을 건네준 진정한 나의 베프 오은정에게도 진심 어린 감사의 마음을 전하고 싶다.

✈

차 례

1 스물여섯, 에미레이트 항공 승무원이 되다

2 항공의 꽃, 승무원이 되고 싶은 당신에게

3 오늘은 파리에서 Brunch, 내일은 런던에서 Dinner

4 있는 그대로의 나를 사랑하게 되는 일

5 나는 에티하드 항공의 승무원입니다

1

스물여섯, 에미레이트 항공 승무원이 되다

승무원이라는 확고한 목표가 생겼을 때 나는 면접을 준비하는 하루가 즐거웠다. 성적이나 출신 대학이 아닌 내가 길러온 능력으로도 충분히 좋은 평가를 받을 수 있다는 것을 나에게 증명하고 싶었다. 그렇게 난생 처음으로 면접 공부라는 것에 미쳐서 열정의 한 달 반을 보냈다. 그 결과 나는 에미레이트 항공 승무원에 합격할 수 있었다.

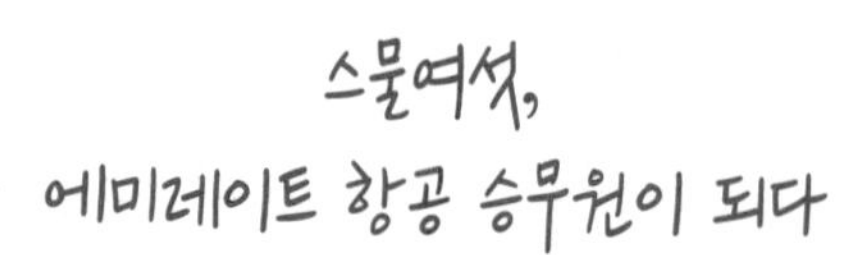

"혜경아, 너 영어도 하고 서비스 업종에서 일도 오래 했으니, 승무원 한 번 해봐."

2005년 9월의 어느 날, 한국에 휴가를 온 나를 보러 집에 놀러온 친구가 나에게 이런 말을 했다. 그러면서 인터넷에 난 에미레이트 항공 승무원 관련 기사를 보여주었다. 에미레이트 항공사의 유니폼을 입은 한국인 승무원이 어린 아이들에게 미소를 지어 보이고 있는 사진을 보면서 속으로 '오, 멋진데. 그래, 나라고 왜 안 되겠어'라고 생각했다.

나는 당시 뉴질랜드에서 일을 하고 있었다. 정확하게 말하자면, 워킹 홀리데이 비자로 2003년 10월에 뉴질랜드로 가서 카페나 레스토랑에서 파트타임으로 일을 하다가 운이 좋게도 현지인이 운영하는 카페에서 일하게 되었다. 그리고 그 카페에서 뉴질랜드에서 일할 수 있는 자격을 주는 워크 비자를 받을 수 있었다.

워크 비자를 받았기에 앞으로 더 오래 뉴질랜드에서 일할 수 있었던 나는 가족을 보기 위해서 한국에 휴가를 들어온 상태였다. 그런 나를 만나러 집으로 놀러온 친구의 추천으로 태어나서 처음으로 승무원이라는 직업에 내해 생각해보세 되었다. 친구가 간 뒤에도 인터넷에서 보았던 그 사진과 기사가 머릿속에서 떠나지 않았다.

뉴질랜드에서 아는 사람이 있어도 받기 힘들다는 워크 비자를 받아 놓은 상태였고, 내가 그토록 바라던 '외국에서 영어 쓰면서 살기'라는 나의 꿈은 이미 이루어진 상태였다. 그런 상황에서 굳이 승무원에 도전해야 하나라는 마음도 들었지만, 왠지 모를 마음이 자꾸 나를 휘몰아치고 있었다.

승무원, 이 단어가 계속 잔잔했던 나의 마음에 파동을 일으키기 시작했다. 승무원에 대한 생각을 떨쳐버릴 수 없었던 나는 어머니와 언니에게 조언을 구했다. 당시 나는 뉴질랜드로 돌아갈 비행기 표까지 이미 끊어 놓은 상태였기에 어머니의 눈치를 살피지 않을 수 없었다. 그런 나에게 어머니는 오히려 확신에 찬 말투로, "혜경아, 너라면 잘할 수 있을 것 같은데? 현실적으로 충분히 가능성도 있어 보이고, 한번 도전해봐!"라면서 응원의 눈빛으로 말을 해주셨다.

가족의 응원을 받으니 정말 할 수 있을 것 같은 자신감이 가슴 속 깊은 곳에서 솟구쳐 올라오고 있음을 느낄 수 있었다. 그리고 바로 에미레이트 항공 승무원에 도전장을 내밀었다.

생전 처음 승무원이라는 확고한 목표가 생겼다는 기쁨에 나는 면접을 준비하는 하루하루가 즐거웠다. 그동안 서비스업에서 근무하면서 나름 서비스인으로서의 자부심이 있었다. 뉴질랜드에서 외국 동료들과 일한 경험도 큰 장점이 될 것이라는 믿음도 있었다. 그 당시 내 학력이 고졸이라는 사실이 나에게는 그 어떤 장애도 되지 않았다. 왜냐하면 나는 나 자신과 내 경험에 대한 신뢰가 있었기 때문이다. 또한 외국 항공사는 스펙이 아닌 경험과 지원자 자체만으로 평가할 거라는 믿음이 있었기 때문이다.

예상 질문지를 뽑아 답변을 만들었다. 그리고 집에서 혼자 거울을 보거나 카메라로 녹화를 하면서 내가 어떤 모습일지를 확인하고 답변을 점검했다. 학원에서 만난 친구들과 주말에도 모여서 모의 면접도 연습하고 서로를 응원하면서 한 달을 보냈다. 꿈을 가지고 목표를 향해 달려가는 것이 이렇게 즐거운 일이라는 것을 나는 그때 진정으로 알게 되었다. 학생 시절 공부하는 걸 즐기지 않았던 내가 승무원이 되기 위해서 밤늦게까지 불을 켜고 즐거운 마음으로 공부하는 모습이 낯설면서도 가슴 뜨거워지는 뿌듯함을 느꼈다.

준비과정이 물론 쉽기만 한 것은 아니었다. 이미 승무원 준비를 시작한 친구들에 비해서 답변 준비가 덜 되어 있었고 면접에 대한 정보도 부족했다. 모의 면접에서 갑자기 머리가 하얘지면서 답변을 못하기가 일쑤였다. 하지만 내가 누군가. 나는 포기라는 것을 모르는 사람이다. 좌절 대신 배움을 택했다. 못한다고 스스로를 꾸중하기보다는 내일은 더 잘하자고 다독이면서 내일을 준비했다.

그렇게 한 달이라는 시간이 흘러, 내 인생 첫 면접을 보게 되었다.

'카타르 항공? 엥? 여기는 무슨 항공사지?'

외국 항공사에 대한 정보가 부족했던 내가 처음 카타르 항공사에 지원하라는 상담사의 말을 듣고 떠올린 생각이었다. 해당 항공사에 무지했던 나는 등 떠밀리듯이 지원하고 면접을 보게 되었다. 지금도 그때 첫 면접이 아직도 눈에 선하다. 책상 너머 면접관은 세 분이었다. 책상 앞에 5개의 의자가 준비되어 있었고 나는 5번째 의자에 앉았다. 1번 지원자부터 면접이 진행됐다. 다른 이들이 대답을 하는 순간, 나는 침을 꼴깍 삼키면서 마구 요동치는 가슴을 부여잡으며 내 차례를 기다리고 있었다. 드디어 나의 차례.

"당신은 카타르 항공사에 대해서 무엇을 알고 있습니까?"

절망이었다. 나는 카타르 항공에 대해서 전혀 아는 것이 없었기 때문이다. 면접을 보러 가면서도 그 항공사에 대한 정보를 전혀 확인하지 않고 간 나의 뼈아픈 실수였다. 물론 나는 한마디도 하지 못했고 결과는 '불합격'. 그때 화면에 뜬 이 불합격이라는 빨간 글씨가 참 싫었다. 하지만 이 면접이 아니었다면 나는 결코 에미레이트 항공사에 합격하지 못했을 것이다.

승무원이 되고 싶고 당신의 항공사에서 일하고 싶다고 면접에 온 지원자가 해당 항공사에 대한 지식이 전무하다면? 그 말은 곧 '이 지원자는 해당 항공사에 관심이 없습니다'로 해석된다는 것을 그때 처음 알았다. 똑같은 실수를 하지 않기 위해서 2주 뒤에 있을 에미레이트 항공 면접을 위해 항공사에 대한 정보와 기사를 수집하면서 면접을 준비했다.

동시에 나는 불합격이라는 사실에 연연하지 않았다. 많은 지원자들이 불합격이라는 소식을 듣고 좌절하거나 비관하기도 했다. 하지만 나는 이렇게 생각했다.

'내가 실수를 해서 떨어진 거니 어쩔 수 없지만 그건 내 손해가 아닌 나를 놓친 카타르 항공 손해야.'

어디서 이런 자신감이 생겼는지 모르지만 이런 마음으로 나는 좌절 대신 미래를 준비했다.

2005년 11월의 어느 날, 나의 첫 에미레이트 항공 면접이 시작되었다. 학원 면접을 시작으로 1차 2차 면접을 걸쳐 12월 3일 한국산업인력공단에서 12시간의 피말리는 현지 면접을 치뤘다. 그리고 5일에 이뤄진 파이널 면접을 마지막으로 나는 2005년 12월에 스물여섯의 나이로 100:1의 경쟁률을 뚫고 고졸 출신으로 처음으로 외항사 승무원이 되었다.

그렇게 내 인생의 화려한 서막이 올랐다.

✈

대학 휴학 후 취직한 호텔에서 적성을 찾다

"엄마 나 대학교 휴학하고 일 할래."

이 말을 들은 어머니는 너무 놀란 얼굴로 나를 바라보셨다. 그리고는 "왜?"라고 물으셨다. 돌이켜보면 그때 어머니의 이 질문에 제대로 답을 못 했던 것 같다.

나에게 휴학할 특별한 이유가 있었던 것은 아니었다. 한 1년 대학교 신입생 생활은 나름 즐거웠다. 새로운 친구들도 만나고 동아리 활동도 열심히 했다. 시험 공부한다고 대학교 도서관에 자리 맡아 놓고 공부도 해 보고 하면서 남들이 하는 대학 생활을 나도 똑같이 즐겼었다. 그러나 한 학기가 지나면서 나는 왠지 모를 무료함을 느꼈다. 고등학교 시절과 비교해봤을 때 그렇게 큰 차이점을 느끼지 못했기 때문이다.

난 학창시절 모범생도 그렇다고 문제아도 아니었다. 지극히 평범한 학생이었고 공부를 월등히 잘하는 것은 아니었지만 열심히 하는 쪽이었다. 특출나게 잘하는 것도 그렇다고 좋아하는 것이 있는 것도 아니었다. 공부는 해야 하니까 열심히 하는 지극히 평범한 학생이었다. 이런 나를 부모님은 특별하게 걱정하시거나 하지는 않았다.

그래서였을까? 오히려 대학교에 들어가 조금의 자율성과 독립성이 생긴 나는 내가 하고 싶은 대로 하고 싶어 졌다. 갑자기 잘 다니던 학교를 휴학하고 지인이 소개해준 호텔에 취직하겠다고 내 맘대로 결정해버렸다. 물론 부모님은 걱정하셨지만 결국 내 의견을 존중해주셨다. 그렇게 아는 지인의 소개로 면접을 보고 명동에 위치한 호텔에 정식으로 입사하게 되었다.

내 생애 첫 직장인 호텔을 다니면서 나는 늘 행복했고 즐거웠다. 매달 아르바이트에 비해 많은 월급을 받으면서 온전히 나를 위해서 쓸 수 있다는 사실이 나를 즐겁게 해주었다. 옷도 사고 맛있는 음식도 먹고 부모님께 적은 돈이지만 용돈이라는 것도 생전 처음 드려 보았다. 이런 즐거움에 빠져서 나는 일하는 것이 좋았다. 그때 나는 서비스업에 대한 적성이 아닌 어찌 보면 돈 버는 것의 즐거움을 알았다고 보는 것이 맞을 것이다.

호텔에 근무하면서 알게 된 또 하나의 기쁨은 유니폼이었다. 나는 출근을 해서 유니폼으로 갈아입고 일하는 것에서 오는 사소한 뿌듯함을 즐겼다. 왠지 멋져 보이기도 했고 같은 유니폼을 입고 있는 직원들과 함께 일하면서 소속감도 느낄 수 있었다. 생애 첫 회식도 해보고 다음날 숙취에 고생하는 나를 위해서 꿀차를 타주던 선배에게서 고마움도 느꼈다. 직장 생활이라는 것이 참 즐거웠다. 처음에는 고객에 대한 투철한 서비스 정신보다 어딘가에 소속되어서 동질감을 느끼고 같이 일하고 있다는 즐거움이 나에게는 더 크게 다가왔었다. 그렇게 현실에서 찾은 작고 소소한 즐거움들은 어느새 일에 대한 적성으로 번져가고 있었다.

나는 모든 일에 있어 어떤 마음을 가지고 대하느냐가 가장 중요하다는 것을 알았다. 내가 열린 마음으로 작은 것에 감사함을 느끼니 내 주변에 작지만 좋은 일들이 생겼다. 그러니 내 일을 더 즐길 수 있었다. 나는 어렸고 모든 것이 신기했다. 그래서인지 일할 수 있다는 사실에 그저 감사했다. 직장 생활, 선배, 손님의 칭찬, 회식 등 이 모든 것들이 좋았고 심지어 혼나는 것마저도 즐거웠다. 첫 경험이었던 만큼 모든 것이 마냥 좋았던 것이다. 내가 감사함으로 모든 것을 바라보니 호텔에서 일어나는 모든 일들이 그저 즐거웠던 것이다.

일을 하면서 항상 좋은 일만 있었던 것은 아니다. 실수도 많이 했다. 접시를 들고 가다가 깨기도 했고, 손님에게 커피를 가져다 드리다 하얀 테이블보에 보기 좋게 커피를 쏟기도 했다. 예약을 잘못 받아서 직속 선배에게 된통 혼도 났었다. 일본어를 전혀 못했던 나는 일본 손님과 의사소통을 할 수가 없어서 고역을 치르기도 했다. 때로는 출근 시간에 늦어 야단도 맞고 손님이 주문한 음식을 잘못 가져다 드려서 난리난 적도 있었다.

물론 실수하고 혼나고 나면 당연히 그 순간은 우울하기도 하고 슬프기도 했다. 실수를 연거푸 하는 날에는 '내가 왜 이러지?'라는 생각도 했었다. 그럴 때면 나는 긍정적으로 생각하고 배우기 위해 노력했다. 이렇게 혼날 수 있는 것마저도 기쁨이라고 생각했다.

지배인, 선배들에게 서비스에 대해서도 배웠다. 그들은 호텔에서 일한다는 사실에 자긍심이 있었다. 그들의 자긍심을 옆에서 보고 느끼면서 나 역시도 서비스인으로서의 자긍심을 키워갈 수 있었다. 그렇게 선배들에게 기초 일본어도 배우고 서비스에 대해 공부해 나가면서 성취감이라는 단어의 뜻을 조금이나마 이해할 수 있었다.

점점 서비스업에서 일하는 것의 진정한 재미를 알아가고 있었던 것이다. 아니 스스로 만들어가고 있었다. 실수도 많이 했지만 거기서 배운 내용을 스펀지처럼 금방 흡수하기도 하면서 다양한 경험을 즐겼다. 나는 호텔 일은 처음이었고 서비스라는 것을 제대로 공부한 사람도 아니었다. 그래서 손님들을 맞이할 때는 큰 미소로 맞이했고 동료를 대할 때도 늘 웃는 얼굴로 대했다. 선배들은 그런 나를 좋게 보셨고 손님들에게 칭찬을 받기 시작했다. 다른 부서 사람들로부터 좋은 이야기도 들으면서 이렇게 나만을 보고 평가해주는 호텔이라는 곳이 더 좋아졌다. 왠지 모르게 나의 가치를 좋게 평가받는 느낌이었다. 그래서 더 잘하고 싶었다.

사람에게 있어 자존감을 느낀다는 것은 중요하다. 사소한 일이라 할지라도 자존감을 느끼게 되면 그 일을 더 잘하고 싶어지기 때문이다. 즐기는 내 모습이 칭찬을 받으니 자존감이 상승하고, 더 잘하고 싶어져서 더 노력하게 되는 선순환의 효과가 생기는 것이다.

미국의 의사이자 철학자인 윌리엄 제임스William James는 1980년대에 자존감이라는 용어를 처음 사용하기 시작했다. 그는 자신이 가치가 있고 소중한 존재이며 어떤 성과를 이루어낼 만한 유능한 사람이라고 믿는 마음을 자존감이라고 표현했다. 자존감이 높은 사람은 이런 마음의 영향으로 자신이 하고 있는 일을 긍정적인 마음으로 더 잘할 수 있다고 믿는다고 한다. 또한 그런 결과를 만들기 위해 긍정적으로 노력한다고 한다.

나 역시도 호텔에서 일하면서 나의 가치를 인정받으며 일하는 것이 즐거웠다. 그렇게 나는 자존감을 호텔이라는 곳을 통해서 높여가고 있었다. 그러다 보니 일을 더 잘하고 싶어졌고 작은 일에도 최선을 다하려고 노력했다. 그런 노력은 나에게 칭찬으로 되돌아왔다. 칭찬을 들으니 뿌듯해지고 '이게 내 천성이구나!' 하는 생각을 하게 되었다. 그렇게 나는 호텔에서 적성이라는 녀석을 내 스스로 만들어가고 있었던 것이다.

나는 적성은 타고날 수도 있고 만들어나갈 수도 있다고 생각한다. 타고난다고 해도 발견하지 못하거나 발전시키지 않는다면 결국 없는 거나 다름없어진다. 반면 없던 적성이라고 해도 끊임없는 노력으로 충분히 천성이라 불릴 수 있도록 만들 수 있다.

처음 호텔에서 일을 시작했을 때, 나는 실수도 많이 했고 모르는 것도 참 많았다. 이게 내 적성이라고 느낄 수 있는 아무런 사인도 없었다. 하지만 긍정적인 마음으로 다양한 경험과 실수를 통해 배우면서 일에 대한 즐거움을 찾아가고 있었다. 그런 나의 자세는 주변과 나 스스로에게 긍정적인 평가를 가져오게 되었고, 일을 통해서 자존감을 높여갔다. 호텔에서 일하면서 일에 대한 즐거움뿐만 아니라 나의 존재 가치도 함께 상승된 것이다.

그렇게 나는 호텔에서 일하면서 나의 적성을 찾게 되었다. 아니, 만들어갔다.

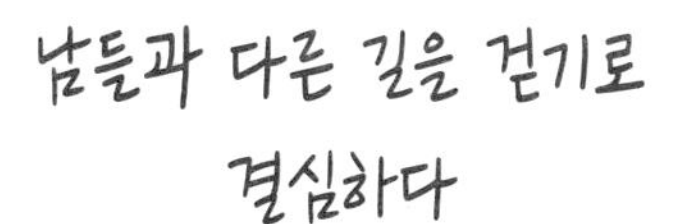

남들과 다른 길을 걷기로 결심하다

나의 과거를 가끔 돌아보면 '참 남들과는 다른 길을 걸었구나' 하는 생각이 든다.

나는 대학교를 잘 다니다 무작정 휴학을 하고 호텔에 취직했다. 그리고 영어를 배우고 싶다는 생각에 무작정 뉴질랜드로 향했다. 워크 비자까지 받고나서 과감하게 에미레이트 항공에 도전해서 나에게는 미지의 세계였던 중동으로 떠났다. 그 뒤, 결혼과 출산 그리고 이혼을 겪고 다시 승무원에 도전했다. 이런 나의 이야기들을 들으면 많은 사람들이 놀라움을 표현한다.

나도 고등학교 시절 남들처럼 대학교를 가기 위해서 수능 준비를 열심히 했다. 대학교를 들어가고 대학 생활이라는 것도 1년 정도 즐겼다. 하지만 즐거움이 없었다. 무료했다. 그래서 방학 동안에는 아르바이트를 했다. 공부에서 찾지 못한 재미가 있었다. 지인의 소개로 호텔에 취직하게 되고나서는 과감하게 휴학계를 냈다. 1년 정도 열심히 일하면서 즐겁게 살았다. '나'라는 사람의 가치가 드러나는 서비스라는 직종에서 일하는 것이 좋았다. 그래서 호텔을 그만두고서도 다른 서비스 업종에서 일하기 시작했다. 웨이트리스, 바리스타, 비서, 사무보조 등 여러 다양한 직업을 경험하면서 나의 장점도 보고 단점도 보았다.

학교로 돌아가지 않고 일하는 내 모습에 친구들과 지인들은 걱정의 눈빛을 보냈다. 학업을 마치는 것이 얼마나 중요한지에 대한 말을 끊임없이 들었다. 때로는 상처가 되는 말을 듣기도 했다.

"대학교 졸업장이 없으면 나중에 좋은데 취직하기 힘들다.", "서비스 업종에서 계속 일할 거니? 보수도 조건도 좋지 않은 곳에서 계속 일한다고 무슨 발전이 있겠어?", "딴따라처럼 그런 곳에서 일해서 나중에 뭐가 될래?", "너 졸업 안 할 거야? 나중에 후회한다. 고졸 학력으로 뭐 할 수 있는 것이 있겠어?" 등등. 이런 말들은 비수가 되어 내 가슴을 참 많이 후벼 팠다.

그들의 걱정과 염려는 여기서 멈추지 않았다. 뉴질랜드로 간다 했을 때는 "뉴질랜드에 간다고 뭐가 달라지니?", "학업을 마치고 가는 것이 낫지 않겠니?"라는 말들로 나를 만류했다. 그중에서 가장 기억에 남는 말은 "너 그렇게 살아서 어떻게 할래?"였다.

당시 상처가 되지 않았던 말은 없었다. 모든 말들이 송곳처럼 가슴을 파고들었고 아팠다. 속상했고 신경이 쓰였다. 정말 나중에 그들의 말처럼 될까 두렵기도 했다.

정말 내가 잘하고 있는 건가 하는 생각도 들었다. 하지만 이런 생각들과 아픔은 내 안에서 오래 가지 않았다. '서비스 업종에서 일하는 것이 뭐가 어때서? 내가 좋고 행복하고 충분히 즐거운데?'라는 생각이 더 크게 나를 지배했다.

미래에 대한 두려움은 있었지만 남들의 말대로 살고 싶지 않았다. 나답게 살고 싶었다. 어떻게 사는 것이 나답게 사는 것인지 알고 싶었다. 그래서 마음이 끌리는 대로 도전했다.

너무 먼 미래의 모습이 두려워 지금 하고 싶은 것을 놓치고 싶지 않았다. 나는 가슴이 이끄는 대로 살고, 새로운 것에 도전하며, 상상한 것을 실현하고자 했다.

"내 꿈과 열정에 솔직한 것, 그것이 내 삶이고 경영이다."

'괴짜 갑부'로 유명한 영국 버진*Virgin*그룹의 회장인 리처드 브랜슨*Richard Branson*이 자신의 저서 《내가 상상하면 현실이 된다》에서 한 이 말이 참 와닿았다. 그리고 내가 걸어온 길이 그처럼 내 인생에 열정을 다한 것이었다는 것을 알았다.

어린 시절, 나는 스스로를 지극히 평범한 사람이었다고 생각했다. 하지만 나는 생각 그 이상으로 똘기가 가득한 사람이었다. 뭔가 하나에 꽂히면 꼭 해야 했다. 남들이 밟으면 확실하게 꿈틀거렸다. 그래서 부모님의 가슴에 폭탄도 참 많이 터트렸다. 하지만 한 가지는 확실히 했다. 내가 결정한 길은 최선을 다해 걷고자 했다. 물론 그 많은 선택들이 늘 옳지는 않았다. 실패의 길도 걸었다. 하지만 난 그 길들을 절대 후회하지 않는다. 내가 겪은 모든 경험들이 정신적으로 나를 성장시키고 성숙하게 만들어주었기 때문이다.

종종 제자들이 물어본다.

"선생님, 제가 이 선택을 한다면 후회하지 않을까요?"

나는 대답한다.

"후회하지 않는 선택으로 스스로가 만들어가면 돼!"

내가 그랬다. 나는 무슨 선택을 하던 내가 한 선택에는 최선을 다했다. 실패를 할지언정 후회는 하지 않았다. 대신 그 경험을 통해 배우고 다음 선택은 조금 더 신중하게 했다.

나의 20대를 밭에 비교한다면 아무것도 없는 똥밭을 가꾸는 시기였다. 황무지에 열심히 거름을 주면서 가꾸는 내 모습을 보던 지나가던 사람들은 나의 현재와 앞날을 걱정하는 말들로 가끔은 나를 지치게 했다. 나무 한그루만을 열심히 가꾸면서 열매를 얻은 그들은 내 옆에서 맛있게 열매를 먹으면서 불쌍한 눈빛으로 나를 쳐다보았다. 가끔은 혀를 쯧쯧 차면서 그렇게 해서 먹고 살겠냐고 비아냥거리기도 했다.

노력하고 또 노력하는데도 눈에 띄는 발전은 없었다. 그래서 냄새나는 거름을 뒤집어쓰고 똥밭을 열심히 가꾸고 있는 내 모습이 너무 싫었던 적도 있다. 그래서 잠수도 탔다. 세상과 연락을 끊은 채 두문불출했던 적도 있다. 거울 속에 비친 내 모습이 미치도록 싫어지기도 했다. 거울 속의 내 모습이 너무 초라해 보였기 때문이다. 그럴 때마다 주변 사람들의 말처럼 될까 두려웠다. 그렇게 바닥을 치고 나면 나는 어김없이 다시 시작했다. 내가 걷던 길을 다시 걸어갔다.

나 역시 사람인지라 가끔은 그들이 가꾼 한 그루의 나무에서 나온 열매가 부러웠다. 나도 그냥 남들처럼 정해진 나무를 받아 키웠다면 그들처럼 열매를 맛있게 먹고 있지 않을까 하는 생각도 종종 했다. 하지만 이내 나는 다시 묵묵히 내가 선택한 길을 걸어갔다. 오히려 그들보다 더 많은 열매를 이루겠다고 다짐하고 또 다짐했다. 그 똥밭에서 무엇이 자라고 어떤 것이 나올지 알지는 못했지만 난 절대 포기하고 싶지 않았다. 아니 포기할 수 없었다.

현재 나는 굴지의 대형 외국 항공사 부사무장에 작가이자 많은 이들의 멘토로 활동 중이다. 직업 특강도 다니고, 월드잡에서 운영하는 K-Move 2017년 우수멘토이자 홍보영상 모델로 활동하였다. 또한 JTBC 〈청년, 해외에서 길을 찾다〉에서 승무원 멘토로 내 이야기가 소개되었다. 《승무원 영어면접 스킬》의 저자이고 지금 개인 저서도 이렇게 출간되었다.

가끔은 너무 많은 좋은 일들이 생겨서 겁나기도 할 정도이다. 이렇게

책 출간 강연회에서 독자에게 사인해주는 저자

밭에 씨를 뿌리기만 하면 여기저기서 튼튼하고 좋은 나무가 자라 굵고 맛난 열매들이 주렁주렁 열린다. 그 이유는 단 하나이다. 그동안 거름을 주면서 열심히 가꿔 놓은 비옥한 땅이 씨를 뿌리면 뿌리는 대로 잘 자라서 풍성한 열매를 맺어주고 있는 것이다.

이 모든 것들이 내가 선택한 삶을 열심히 걸어온 덕분이리라.

사람들은 남과 다른 길을 가는 것을 두려워한다. 불안함을 느끼기 때문이다. 주변의 부정적인 시선이 신경도 쓰인다. 하지만 나는 강하게 말하고 싶다. 남들과 다른 길을 가는 것을 두려워하지 말라. 인생이 어떻게 풀릴지는 아무도 모른다. 결과는 만들어져 있는 것이 아니라 내가 지금 만들어가는 것이다. 다만 선택한 길은 후회하지 않는 선택으로 만들기 위해 최선을 다해라.

✈

책 출간 기념 저자 강연회

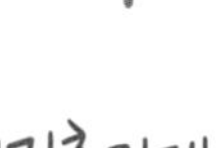

워킹홀리데이를 뉴질랜드로 떠나다

"너는 꿈이 뭐니?"

고등학교를 다니면서 친구 또는 다른 사람들에게 이런 질문을 종종 받았다. 나는 특별하게 '무엇이' 되고 싶다는 꿈이 없었다. 다만 고등학교 시절 영어의 매력에 빠졌던 나는 '외국에 살면서 휴가로 한국에 들어오는 것'이 꿈이었다.

지금 돌이켜보면 나의 꿈은 소박했고 오히려 현실적이고 구체적이었다. 이유는 없었다. 그저 외국에서 영어를 구사하면서 사는 모습이 멋져 보였기 때문이다. 그 소박했던 꿈을 이루기 위해 어느 날 대학교도 휴학하고 다니던 회사도 그만두고 무작정 뉴질랜드로 가기로 마음을 먹었다. 그리고 바로 실행에 옮겼다.

나는 중학교 시절 영어를 배웠다. 중학교 1학년 때 처음으로 학교에서 영어를 가르치기 시작했다. 그러다 수업 시간에 반 친구들 앞에서 'Very'와 'Vary'라는 단어를 구분하지 못한다고 영어선생님에게 창피를 당하면서 어린 맘에 영어에 대한 거부감이 들기 시작했다. 그렇게 중학교 3년을 나는 영어를 등한시 하다시피 했다.

그러다 고등학교 1학년 때 반에서 영어선생님과 자유롭게 영어로 대화를 나누는 반 친구를 보고 '나도 저렇게 영어 잘하고 싶다'라는 막연한 꿈을 가지게 되었다. 그 뒤, 나는 남들이 한다는 영어 공부는 다해봤다. 팝송으로 공부도 해보고, 회화학원도 다녀보고, 영어 관련 라디오나 TV 프로그램도 들으면서 꾸준히 영어 공부를 해왔다.

영어 시험 성적은 올랐지만 회화는 내 생각과는 다르게 큰 향상이 보이지 않았다. 영어를 잘하고 싶었다. 유일하게 좋아하는 것이 생겼고, 그것이 영어였기에 잘하고 싶었다. 그래서 무작정 뉴질랜드 행을 결정했다. 하지만 막상 뉴질랜드 행을 결정하고 나니 두려워졌다. 영어를 잘하는 것도 아니고 그렇다고 다른 특별한 계획이 있었던 것도 아니었기에. 또한 평생 부모님 곁을 떠나 살아본 적도 없었던 내가 혈혈단신 아무도 모르는 곳에 가서 살아야 한다는 생각에 두려움이 밀려왔다.

그랬다. 두려웠다. 잘할 수 있을지, 혼자 어떻게 살아야 할지 많은 생각들이 들었다. 두렵기는 했지만 포기하고 싶지는 않았다. 그렇게 나는 2015년 10월 무작정 뉴질랜드 행 비행기에 몸을 실었다. 뉴질랜드에 올

때, 그동안 벌어 놓은 돈과 가족들의 도움을 받아 올 수 있었기에 더 이상의 도움은 받지 않겠다는 각오로 왔다. 한 달 동안만 홈스테이에 머물고 바로 나와서 혼자 살 최대한 저렴한 숙소를 찾아 아끼며 살았다.

형편없는 영어 실력을 가지고 있었으면서도 난 겁도 없이 50여 군데의 현지인이 운영하는 레스토랑, 카페 등을 직접 발로 뛰면서 영문 이력서를 돌렸다. 나를 써달라고 말이다. 역시나 일주일이 지나도록 단 한 군데에서도 연락을 받지 못했다. 당연히 우울했다. 한참 슬픔을 느끼고 있었던 어느 날 한 군데에서 면접을 보러 오라는 연락을 받았고 나는 뛸 듯이 기뻤다. 다음날 바로 면접을 보기 위해 찾아갔다. 사장은 나에게 '디시워셔'라는 직업인데 할 수 있겠냐고 물었다.

디시워셔란, 주방에 마련된 별도공간에서 온갖 접시를 닦는 직업이다. 내가 초벌로 닦고 접시를 닦아주는 큰 기계에 넣고 마무리가 되면 깨끗하게 닦였는지를 확인하고 나서 주방으로 옮기는 것이 임무이다.

레스토랑이자 카페였던 곳이라 접시들이 크고 무거웠고, 무거운 주방용품들도 아주 많았다. 체력적으로 힘들고 강한 세제를 사용하기에 위험하기도 한 직업인지라 보통은 남자들이 주로 한다고 했다.

하지만 나는 이것저것 잴 수 있는 처지가 아니었다. 무조건 하겠다고 했다. 그랬더니 다음날 한 번 와보라면서 일하는 것을 보고 앞으로 같이 계속 일할지 결정하겠다고 했다. 다음날 나는 꼬박 8시간을 쉬지 않고 접시를 닦아 냈다. 세척된 뒤에도 조금이라도 더러운 건 다시 닦고, 일이 끝나기 5분 전이었지만 내 근무 시간 안에 들어온 접시를 마무리하기 위해

30분을 더 일했다.

그런 내 모습을 하루 종일 지켜보던 사장이 일당을 주면서 “내일부터 정식으로 일해”라고 웃으며 말했다. 피곤함도 잊은 채, 내일부터 일할 수 있다는 생각에 연신 감사하다고 싱글벙글 웃으며 인사를 하고 집으로 왔다.

그렇게 한 달을 나는 디시워셔로 일을 했다. 몸은 부서질 듯 힘들었다. 너무 힘들어서 일이 끝나고 집에 와서 화장도 못 지우고 잠들기 일쑤였다. 다음 날 일어나서 화장을 지우고 샤워를 하고 다시 바로 화장을 하고 일하러 가기를 반복했다. 주방 귀퉁이의 고립된 공간에서 접시를 닦다가 너무 힘들고 외로워지면 혼자 노래를 부르기도 했다. 그렇게 노래하는 내 모습을 오히려 외국 동료들은 좋은 모습으로 바라봐 주었다.

너무 힘들었지만 힘들다는 티를 낼 수도 없었고 투정을 부릴 사람도 없었다. 그렇다고 쉽게 그만둘 수도 없었다. 일이 필요했고 현지인들과 같이 일하고 싶었다. 그래서 나는 혼자 묵묵히 버텼다.

노력은 사람을 배신하지 않는다고 했던가. 사장은 늘 마무리까지 깔끔하게 하고 가는 나의 일 스타일을 좋아했다. 일을 시작한 지 딱 한 달 되던 날 내일부터는 홀에서 손님들에게 서빙을 하라며 나름의 승진을 시켜주었다. 그때의 그 기분은 정말 황홀했다. 영어도 못하는 이방인이었던 내가 일하는 능력만으로 인정받았던 것이다. 그렇게 나는 1년 넘게 그곳에서 일하면서 열정적으로 살았다. 서바이벌로 내 동료에게서, 손님에게서 영어를 배우고 혼자서 뉴질랜드의 본격적인 삶을 꾸려가기 시작했다.

이때 내가 겪은 경험과 배움이 나를 에미레이트 항공에 입사하게 해준 결정적인 계기가 되어 주었다고 해도 과언이 아닐 것이다.

항상 행복했냐고? 절대 아니다. 혼자서 아플 때면 침대에서 끄억 끄억 하며 울기도 했다. 외롭고 힘들어서 접시를 닦으면서 내가 불렀던 노래는 만화 '캔디'의 주제곡이었다.

'외로워도 슬퍼도 나는 안 울어~'

이 노래를 부르고 있는 내 모습을 동료들은 오히려 "넌 참 밝은 아이구나, 늘 노래를 부르는 널 보니 보기 좋다"라고 말해주었다. 참 아이러니하지 않은가? 난 힘들어 죽을 것 같아서 슬픔에 차올라서 노래를 불렀는데 그 노래가 오히려 나에게 긍정적인 평가를 불러다 주었으니 말이다. 물론 한국노래였기에 가능한 일이었을 것이다.

이 아이러니했던 상황은 나에게 버릇을 하나 안겨주었다. 힘들 때 노래를 하는 것이다. 그러면 주변 사람들은 그런 내 모습을 보고 좋은 평가를 해준다. 그러면 다시 기운이 난다. 내가 힘든 상황을 이겨내는 단순하지만 꽤 효과적인 습관이 되었다. 지금도 나는 힘들 때면 종종 캔디의 주제곡을 부른다.

1년 6개월이라는 시간을 뉴질랜드에서 보내면서 나는 최선을 다하는 것이 얼마나 중요한지를 깨달을 수 있었다. 주어진 환경을 탓하기보다 무조건 할 수 있다는 마음으로 최선을 다해 열심히 하다 보면 다양한 형태로 더 나은 기회가 주어진다는 것을 몸소 겪었다.

처음 뉴질랜드에 도착해서 현지 카페나 레스토랑에서 일하고자 결심했고 할 수 있다 믿었다. 그렇게 발품을 팔며 이력서를 직접 돌리는 방법을 생각해냈고 기회를 잡았다. 잡은 기회를 놓치지 않기 위해 노력하고 나니 더 좋은 기회들이 생겼다. AMICI라는 카페에서 '디시워셔'로 일하다가 한 달 만에 홀 서빙 직원으로 일하게 되었고, 더 나아가 부매니저가 되어서 워크 비자까지 받게 되었으니 말이다.

세상에 공짜는 없다. 아무 것도 하지 않고 이루려고만 한다면 결코 아무것도 이룰 수 없다. 성취는 노력이 선행되었을 때만 주어지는 것이다. 이 간단한 진리를 나는 아무 것도 없이 시작했던 뉴질랜드 생활을 통해 배울 수 있었다. 또한 그 시간들은 나에게 할 수 있다는 가능성과 함께 나라는 사람의 가치를 다시금 깨닫게 해주었던 소중한 시간이었다.

✈

중동 항공사 근무하는 제자들과 함께

무스펙으로
승무원에 과감하게 도전하다

"직업이 무엇입니까?"라는 질문을 종종 받는다. 그럴 때마다 "네, 승무원입니다"라고 답을 한다. 그러면 사람들이 놀라면서 말한다. "와, 좋은 직업을 가지고 계시네요!"라고 말이다.

그런 그들은 종종 이렇게 생각한다. 내가 당연히 스펙이 좋을 것이라고 말이다. 좋은 대학 나와서 영어를 잘했기에 승무원이 된 거라고 단정지어 생각할 것이다. 하지만 난 정반대였다. 승무원에 도전했을 당시 나는 대학교 휴학 상태였다. 영어를 구사는 했지만 아주 유창하게 했다고 결코 말할 수 없었다.

대학 졸업장은 승무원으로 일하면서 사이버 대학을 다니면서 취득했다. 영어도 승무원이 된 뒤 근무하면서 일취월장했다. 내가 이렇게 말하면 사람들 대부분은 "에이, 말도 안 돼!"라는 반응을 보인다.

사람들은 무엇인가를 이루기 위해서 처음부터 뭔가 대단한 걸 가지고 있어야 한다고 생각한다. 그래서 스펙 쌓기에 열을 올리고 스펙이 쌓이지 않으면 지레 겁을 먹어 도전조차 하지 않으려고 한다. 물론 아무것도 없이 그냥 무조건 도전하라는 것이 아니다. 스펙을 쌓는 것도 좋고 중요하다. 하지만 모든 것이 완벽해질 때까지 기다리고 있지는 말라는 것이다. 왜냐하면 완벽한 순간은 절대 오지 않기 때문이다.

"두드리지 않으면 문은 절대 열리지 않는다."

내가 제자들에게 자주 하는 말이다. 그들은 종종 완벽하지 않은 자신의 모습에 도전하기조차 꺼려 한다. 문을 두드렸을 때 자신이 부족하기에 당연히 문이 열리지 않을 거라 생각하기 때문이다. 그리고 문이 열리지 않는 상황을 견디기 힘들어 한다. 그래서 문을 두드릴 용기도 그 앞에서 있을 용기도 내지 못한다. 참 안타까운 일이 아닐 수 없다.

어떤 이들은 문 앞에 서서 아무 것도 하지 않으면서 문이 저절로 열리기를 바라곤 한다. 문을 두드릴 노력조차 하지 않고 열리기만을 희망하고 꿈꾸고 있는 것이다. 하지만 노력 없는 성취는 없다. 가만히 문 앞에 서서 내가 있다는 사실을 문을 두드려서 알릴 노력조차 하지 않는다면 과연 문이 열릴 수 있을까?

일단 두드려 봐라. 그리고 보는 것이다. 문이 열리지 않는다면 최소한 두드렸다는 사실로 나의 존재감은 알려준 것이 된다. 그리고 왜 문이 열리지 않았을까를 고민하고 다음번에는 더 잘 준비해서 다시 두드리면 된다. 과감하게 문을 두드리는 사람이 가만히 문 앞에서 문 열리기를 기다리고 있는 사람보다 문을 열고 들어갈 확률이 월등히 높은 것이다.

지금 당신이 명심해야 하는 것은 '문을 두드려야 한다'는 것이다.

나는 단 한 번도 승무원을 꿈꿔 본 적이 없다. 나의 꿈은 외국에 살면서 휴가로 한국에 들어오는 것이었다. 나의 꿈은 소박했고 오히려 현실적이고 구체적이었다. 그 소박했던 꿈을 이루기 위해 나는 무작정 뉴질랜드로 가기로 마음을 먹었다. 그런 나에게 주변 사람은 이렇게 말했다. "영어를 잘하는 것도 아니고 연고도 없는데 워킹홀리데이 비자 가지고 간다고 뭐가 달라지겠어?"라고 말이다.

물론 잘할 수 있을지, 혼자 어떻게 살아가야 할지 등의 부정적인 생각들이 들기 시작했다. 당연히 두려웠다. 하지만 포기하고 싶지도 포기할 수도 없었다. 나는 도전하지 않는다면 내가 꿈꾸고 생각하는 것들을 평생 이룰 수 없을 것을 알았기 때문이다. 그리고 바로 실행에 옮겼다.

그렇게 나는 2003년 10월 뉴질랜드로 과감히 떠났다. 그렇게 도착한 뉴질랜드에서 많은 것을 경험하고 느끼면서 나는 스스로 성장했다. 혼자 힘으로 워크 비자를 취득했고 영어 실력도 키웠다. 뉴질랜드에서 살 수 있는 권리를 스스로 쟁취했고 조금씩 내 삶을 만들어갔다. 도전을 통한 성취감을 맛본 것이다.

✈

내가 두려움을 느껴서 뉴질랜드 행을 결정하고 실행에 옮기지 않았다면 어땠을까? 내가 과연 영어 실력을 향상시키고 워크 비자를 취득했다는 성취감을 느낄 수 있었을까?

대답은 '아니다'일 것이다. 그랬다. 난 과감히 도전했고 그 도전을 통해서 작은 성취감을 맛보았다. 이런 작은 성취감은 사람에게 다른 걸 도전할 수 있는 용기를 심어준다. 그래서 더 큰 것에 도전하게 되는 것이다. 그렇게 두려움을 이기고 도전한 사람들이 결국 당당하게 더 큰 성공의 문을 열게 된다. 선순환인 것이다.

나의 이런 도전 정신은 뉴질랜드에서 워크 비자를 받고 한국에 휴가로 들어왔을 때도 큰 몫을 했다. 나의 귀국 소식에 집으로 놀러온 친구가 나에게 승무원이라는 직업을 권해 주었을 때, 태어나서 처음으로 이 직업이 내 가슴 속에 물음표를 남기게 되었다. 더 나아가 '승무원? 그거 괜찮은데? 외국에 살면서 한국에 자주 들어올 수도 있고, 월급도 높고'라는 생각과 함께 '그래, 승무원 그거 한번 해보자'라고 마음을 먹을 수 있었다. 뉴질랜드에서 얻은 작은 성취감이 나에게 무모한 도전을 할 수 있는 용기를 주었던 것이다.

지금도 그렇지만 2005년 그 당시에도 승무원이라는 직업은 굉장한 인기 직종이었다.

특히 국내 항공사로 국한되어 있던 시선이 외국 항공사들의 한국인 승무원 채용으로 점점 외국 항공사로 넓혀져 가고 있었다. 넓어진 기회에 승무원을 꿈꾸는 사람들은 넘쳐났다. 승무원 양성학원이 우후죽순 생겨났다. 승무원 양성학원에서는 토익부터 영어회화, 메이크업 그리고 매너에 이르기까지 여러 과정들을 강의했다.

여전히 수요에 비해 공급이 많았던 탓에 합격을 위한 고스펙 경쟁은 점점 더 치열해져 갔다. 지원자들은 높은 토익 점수를 얻기 위해 공부하고, 자원봉사 활동에 참여하고 각종 증명서를 취득하기 위해 노력했다. 승무원의 이미지를 구축하기 위해서 베이크업, 헤어, 워킹, 인사법 등을 배우기도 했다.

그때 당시 특정 학원에서 에미레이트 항공의 면접을 대행하고 있었다. 승무원이라는 직업이 생소했던 나는 우선 상담을 받아보겠다는 마음으로 상담 예약을 하고 학원을 찾았다. 상담직원과 미리 작성해서 간 내 이력서를 보면서 이야기도 나누던 중, 우연히 에미레이트 항공 면접을 총괄하고 있던 부장이라는 사람과 갑작스러운 면접을 보게 되었다. 그 사람은 자리에 앉자마자 내 이력서를 한참 보고나서 퉁명스럽게 질문을 던졌다.

"Why do you want to become a flight attendant?"라며 승무원이 왜 되고 싶은지 물었고, 당황한 나는 당연히 제대로 대답하지 못했다. 그리고 그분은 무표정한 얼굴로 "Okay" 하더니 그냥 가버렸다. 그 뒤 상담직원이 나에게 돌아와 말했다.

"혜경 씨, 우리 부장님이 혜경 씨는 절대 승무원이 될 수 없다고 하네요. 준비가 전혀 안 되어 있다고 하면서 말이죠. 미안해요"라고 말이다.

나는 화가 났다. 나에 대해서 전혀 알지도 못하는 사람이 다짜고짜 질문 하나 던지고 가더니 나의 모든 걸 파악했다는 듯한 그 태도가 싫었다. 그리고는 딱 잘라 '나는 절대 승무원이 될 수 없다'니 그게 말이 되는가. 난 이제 막 승무원을 준비하기로 결심한 상태였다. 그런 나에게 준비가 안 되어 있다니? 준비가 안 되어 있는 것이 너무나 당연한 것 아닌가?

화가 난 나는 상담직원에게 왜 그 부장이 그렇게 단언하는지를 물었다. 그러자 상담직원은 마지못해 "혜경 씨, 영어 답변도 그렇고 학력이나 경력도 어느 것 하나 출중한 부분이 없다고 하시네요"라고 말하면서 민망해했다. 순간 나도 너무 당황스러웠고, 무슨 말을 해야 할지 생각이 나지 않았다. 나의 당황스러움은 점차 화로 변해가고 있었다.

'승무원이 절대 되지 못할 사람'

나는 그 사람에게 이렇게 평가받았다. 순간 내 안에서 무엇인가 끓어올라오는 것을 느꼈다. 독기였다. 난 그 순간 독기를 품었다. 그리고 결심했다.

'승무원? 그거 내가 꼭 한다!'

나를 그렇게 하향 평가하던 그 사람의 말을 보란 듯이 뒤집고 싶었다. 그렇게 2005년 추석을 바로 한 주 앞두고 나를 향해 "넌 절대 안돼!"라고 말하는 세상을 향해서 무스펙으로 과감하게 승무원이 되기로 마음을 먹었다. 그리고 당당하게 한 달 반 만에 100:1의 경쟁률을 뚫고 무스펙에 고졸 학력으로 에미레이트 항공의 승무원이 되었다.

준비되어 있지 않다는 그 사람의 말을 믿고 준비될 때까지 기다렸다면 과연 내가 지금 이 자리에 있을 수 있었을까? 주변의 부정적인 평가에 휩쓸려 나의 가능성을 포기하고 주저앉았다면?

단연코 아무 것도 되지 못했을 것이다. 나는 당당하게 도전했고 멋지게 그들이 틀렸다는 것을 증명해냈다. 세상에 그리고 나 자신에게 증명했다. 스펙을 넘어 도전하고 노력한다면 무엇이든 할 수 있다는 것을.

한 달 반 만에 승무원에 합격하다

2005년 10월 중순의 어느 날, 나는 개강 날에 맞춰서 나에게 절대 승무원이 될 수 없다고 했던 그 부장이 있는 학원으로 가벼운 발걸음을 옮겼다. 새로운 무언가를 배운다는 기분 좋은 설렘 때문이었을까. 학원을 향하는 내내 나는 희망에 차 있었다. 학원에 도착하자 상담직원이 나를 반겨주었다. 간단한 수업 정보와 함께 응원의 메시지도 건네받고 3개월 과정의 첫 수업을 듣기 위해서 강의실로 향했다.

강의실에는 승무원이 되고자 하는 친구들로 붐볐다. 다들 설렘이 가득한 얼굴로 인사를 나누면서 조금은 어색한 분위기를 바꾸기 위해 노력했다. 내가 속한 반에는 승무원 준비를 3년 이상 한 친구들부터 나처럼 이제 막 준비를 시작한 친구들도 있었다.

수업은 영어 인터뷰, 매너, 메이크업 그리고 토익 등으로 이루어져 있었다. 다른 사람 앞에 나가서 질문에 대한 답변을 발표하고 피드백을 받고, 인사하는 법과 화장하는 법을 배우고 토익 점수를 높이기 위해서 수업을 들었다. 한 달 가량을 그렇게 수업을 듣고 수업 후에는 반 친구들과 모여서 스터디를 했다. 솔직히 그때 무엇을 배웠는지는 잘 기억나지 않는다. 일명 백문백답이라고 불리는 질문지에 대한 답을 만들어와 선생과 반 친구들 앞에 나가서 질문을 받고 대답하는 식으로 수업이 진행되었던 것 같다. 그러고 나면 선생이 피드백을 주는데 내가 받은 피드백은 단 3가지였다.

'눈을 너무 많이 깜박거린다, 더 많이 웃어라, 말이 너무 빠르다.'

학원에서 난 주목받는 학생이 아니었다. 좋은 스펙을 가진 친구들은 선생님이 알아서 예뻐했고, 그렇지 못한 친구들은 선생님에게 적극적으로 다가가고 예쁜 행동을 보이면서 관심을 받았다. 나는 그렇게 선생님들의 환심을 사기 위해서 노력하고 싶지 않았다. 선생님에게는 가르침을 받는 거고, 나의 가능성을 보지 못하는 사람에게 굳이 예쁨을 받기 위해 노력한다는 것이 내키지 않았었다. 난 그렇게 아웃사이더의 느낌으로 스스로 답변을 정리하고 연습하면서 면접을 준비했다. 돌이켜보면 스펙도 없는 내가 뭔 자존심이 있어서 그랬는지 싶을 정도였다.

내가 승무원을 준비하기로 결정하게 된 가장 큰 이유는 서비스에 대한 자신감이었다. 그랬다. 나는 '손님들에게 서비스 하나는 정말 잘한다'라는 자신감이 있었다. 또한 외국 항공사이기에 스펙이 아닌 사람, 그 자체와 그 사람이 가진 능력과 경험을 볼 것이라는 믿음이 있었다. 그래서 승무원이 될 수 있을 것 같았다.

답변을 만들면서 나는 내 자신과의 여행을 시작했다. 질문에 맞는 내 경험을 찾아 그 안에서 배운 점을 이야기하고 앞으로의 비전도 찾았다. 몰랐던 내 모습도 보였고 익숙한 나도 있었다. 즐거웠다. 이렇게 즐겁게 공부했던 적이 있었나 싶을 정도였다. 나의 답변은 간단하면서 현실적이었다. 우리의 인생에 얼마나 거창하고 대단한 일들이 많이 생기겠는가? 내가 카페에서 일하면서 겪은 일들을 이야기했고 동료와의 일을 진솔하게 이야기했다. 그런 나의 답변을 듣고 함께 공부하던 친구들이나 선생님은 그렇게 준비해서 되겠냐고 걱정을 했다.

주변에 이런 저런 이유로 나를 걱정하는 사람들이 참 많았다. 내가 즐겁게 여유를 가지고 준비하는 모습도, 내 대답이 현실적이고 화려하지 못한 것도 그들에게는 걱정거리였다. 하지만 그들의 이런 걱정들은 나에게 어떤 영향을 주지 못했다.

나는 승무원이라는 목표를 세웠고 도전하겠다고 마음을 먹고 실행에 옮겼다. 그런 내가 할 일은 쓸데없는 걱정을 하는 것이 아니라 최선을 다하는 것이었다.

미국의 철학자이자 사상가이며 시인인 랄프 왈도 에머슨Ralph Waldo Emerson은 다음과 같이 말했다.

"의심과 두려움으로 인생을 헛되이 보내지 말라. 주어진 일에 최선을 다하는 것이 앞으로 다가올 시간을 가장 훌륭하게 준비하는 것이다."

이 말처럼 나는 주변에서 보내는 부정적인 메시지에 신경쓰기보다는 내 하루에 최선을 다하기로 했다. 내가 해오던 대로 내 과거로 여행하면서 답변을 만들어 가기 시작했다. 완성된 답변은 혼자 면접관과 면접자가 되어 실제 면접을 보듯이 연습을 했다. 대답하는 모습을 카메라로 녹화해서 보고 스스로 평가하며 잘한 것과 발전해야 할 부분을 체크했다. 혼자 하는 연습이었지만 답변을 할 때는 진짜 면접 보듯이 감정을 실어서 대답했다. 그렇게 나는 주어진 시간에 충실히 준비하고 연습했다.

과연 내가 합격할 수 있을까? 다른 이들의 말처럼 내가 가진 역량이 부족하진 않을까? 등등의 부정적인 생각은 하지 않았다. 오히려 무언가를 목표로 설정하고 이루기 위해서 노력하는 그 시간이 너무 소중했다.

정말 오랜만에 공부라는 것을 열정적으로 하는 내 모습이 기특했다. 그래서 승무원이 되기 위해서 면접을 준비하는 그 시간들이 너무 즐거웠다. 이런 귀한 시간을 부정적인 생각으로 흘려보내고 싶지 않았다.

나는 고등학교를 졸업하고 여러 경험들을 하면서 많은 것들을 느끼고 배웠다. 다양한 직업을 통해서 내 장점도 보고 단점도 보았다. 실수도 하고 실패도 했다. 마음이 맞는 동료와 일도 해보고 그렇지 않은 동료와도 일했다. 서비스를 제공한 뒤 행복해했던 손님도 있고 내 실수에 화를 낸 손님도 있었다. 그렇게 경험이라는 것을 통해서 나는 조금씩 배우면서 성숙해져갔다. 이 시간들이 결코 헛되지 않았다는 것을 스스로에게 증명해 보이고 싶었다. 성적이나 출신 대학이 아닌, 내가 길러온 능력으로도 충분히 좋은 평가를 받을 수 있다는 것을 나에게 증명하고 싶었다. 그래서 나는 이런 나의 경험들을 답변에 고스란히 녹여내며 열정적으로 면접을 준비해갔다. 그렇게 난생 처음으로 면접 공부라는 것에 미쳐서 열정의 한 달 반을 보냈다.

그 시간과 나에 대한 믿음은 나를 한 달 반 만에 에미레이트 항공 승무원 합격이라는 결과로 보답해주었다. 물론 나의 합격 소식에 학원 선생님들과 학원 반 친구들 중에는 놀라움을 감추지 못한 사람도 있다. 최종 면접이 끝나고 내가 한 대답을 듣고 자신 있게 "혜경아, 미안. 넌 떨어지겠다"라고 호언장담한 친구도 있었다. 내 합격 소식에 놀라던 그 친구의 표정은 지금도 잊을 수 없다.

합격을 확신했던 자기는 떨어지고 떨어지리라 호언장담했던 내가 합격하자, 자기는 대학도 졸업했고 승무원 준비만 2년 넘게 했는데 어떻게 한 달 반 밖에 준비하지 않은 내가 합격할 수 있냐며 억울해 했다고 한다. 그 친구 입장에서는 억울할 수도 있다. 하지만 그 친구가 오롯이 승무원 준비에만 매달려 학원만을 다니면서 공부했던 그 시간에 나는 카페와 레스토랑 등에서 일하면서 부딪히고 깨지면서 실전 경험을 쌓았다. 그 친구가 이론 공부에 매달렸다면 나는 실전을 통해서 공부해온 것이다. 그

에미레이트 항공 승무원 유니폼을 입고 한 컷

러니 내가 합격한 것이 있을 수 없는 일이 아니라는 것이다.

나는 기본적으로 사람은 자신이 가진 경험과 능력으로 평가받아야 한다고 믿는다. 물론 좋은 대학을 나와서 많은 것을 배우고 다양한 언어를 구사한다면 분명 이 또한 그 사람의 능력일 것이다. 또한 어떤 직업군은 분명 깊은 학문적 소양을 요구한다.

그럼에도 불구하고 나는 단순히 대학교 졸업장이나 토익 점수 등의 보이는 잣대로만 평가하는 사람들에게 져서는 안 된다고 생각한다.

나는 그랬다. 말도 안 되는 이유로 누군가 나를 밟으면 더 심하게 꿈틀거렸다. 당신 또한 세상에 단순 스펙이 아닌 경험과 능력으로도 충분히 이루고자 하는 것을 이룰 수 있다는 것을 보여주기를 바란다.

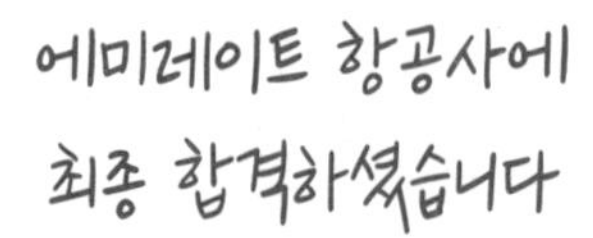

에미레이트 항공사에 최종 합격하셨습니다

'귀하는 본 에미레이트 항공 면접에 최종 합격하셨습니다.'

면접을 보고 한 달 뒤에 면접 대행사였던 학원 홈페이지에 최종 합격자 명단이 떴다. 상담직원이 연락해 주었고 나는 그 자리에서 홈페이지에 들어갔다. 내 이름과 주민번호를 찍고 내 계정에 들어가니, 세상에서 가장 짜릿한 말이 나를 맞이했다. 그리고 학원 게시판에 올린 합격자 명단에도 내 이름이 당당하게 기재되어 있었다. 그때 내가 느낀 희열과 가슴 떨림을 나는 아직도 기억한다.

그 학원 관계자와 일부 지인이라 불리는 사람들이 절대 되지 못할 거라고 했던 에미레이트 항공 승무원에 나는 당당하게 최종 합격하게 되었다.

나는 소위 말하는 스펙이 낮은 편에 속한다. 공부 머리가 아주 좋은 편이 아니었기에 공부도 오랜 시간 열심히 했어야 했다. 좋은 대학을 다니지도 졸업하지도 않았고, 토익 점수도 없었다. 자격증이라고 할 만한 것들은 단 하나도 없었다. 그런 내가 빵빵한 스펙을 자랑하는 사람들을 제치고 60명의 명단에 당당하게 이름을 올린 것이다.

내 인생 최고의 성취였다.

면접의 '면'자도 모르던 나는 운이 좋은 케이스 중의 한 명이었다. 승무원이 되고자 마음먹고 한 달 반 만에 에미레이트 항공의 승무원이 되는 기쁨을 누릴 수 있었으니 말이다. 하지만 이 행운은 내가 노력해서 당당하게 얻은 것이었다.

면접을 준비한 기간 동안 내가 본 면접은 단 두 차례, 카타르와 에미레이트 항공.

뭣도 모르고 간 카타르 면접에서 한마디도 하지 못하고 나와 잠시 멘붕에 빠져 있다가 정신차리고 2주 뒤에 에미레이트 항공 면접을 봤다. 1차 학원 면접을 위해서 들어간 순간 극도의 긴장감이 엄습해왔다. 그동안 준비한 내용들은 머릿속에서 백지화 되어가고 있었다. 그 순간 그 긴장감 속에 내가 잘할 수 있는 일을 했다. 다른 이들의 이야기를 경청했다. 얼굴에 경련이 일어날 정도로 그냥 막 웃었다. 그것이 내가 할 수 있는 전부였기에. 순간에 충실한 결과 난 현지 면접관을 만날 소중한 기회를 얻었다.

위에서 언급했듯이 나는 잘난 스펙이 하나도 없었다. 학력도, 그렇다고 영어를 유창하게 하지도, 특별한 경험이 있지도 않았다. 하지만 내가 믿는 한 가지가 있었다. '나는 서비스직에 정말 잘 어울리고 서비스에 대해서 최고야'라는 스스로에 대한 믿음! 이 믿음 하나로 '에미레이트 항공이 날 못 알아본다면 그건 그 회사의 큰 손실이야'라는 당찬 생각을 하고 있었다.

하지만 이런 자신감에도 불구하고 면접 과정은 나를 어리둥절하게 만들기 충분했다. 3차 면접은 에미레이트 항공에서 온 외국인 면접관들과 함께 진행되었다. 그룹 영어 토론이라고 불리는 디스커션을 시작으로 영어 시험, 영어기사 읽기 그리고 또 다른 그룹 영어 토론. 매 면접마다 합격과 탈락의 유무가 바로 알려지는 말 그대로 서바이벌 식의 면접이었다.

생전 처음 해보는 이 모든 경험에 초긴장 상태로 계속해서 이 말을 되뇌었다.

'나는 그냥 나야! 즐기자, 이 순간을!'

현지인처럼 유창한 영어 실력을 가지고 있지도 않았던 나는 기본적인 의사소통은 가능했으나 감히 영어를 잘한다고 말할 실력은 아니었다. 그렇기에 오히려 나는 면접 내내 웃으면서 다른 이들의 이야기에 경청했다. 실수를 하면 즉시 인정하고 미안함을 전했다. 다른 이에게 자리나 순서를 양보하며 배려했다. 그런 모습 때문이었을까? 나는 한 면접관에게 분에 넘치는 미소와 관심을 받았다. 그분의 미소와 관심 덕분에 장작 12시간에 걸친 3차 면접의 모든 과정을 통과하며 최종 면접에 진출하게 되

에미레이트 항공 현지 면접

는 쾌거를 맛보았다.

2015년 12월 3일 아침 8시, 공단에 들어가서 내가 모든 면접을 보고 나온 시간은 밤 8시 반. 그때가 아직도 선명하다. 어두운 거리를 밝게 비추는 가로등 사이로 그 해 첫 눈이 수줍게 내리고 있었다. 마치 하늘도 나의 합격을 축하해주는 것 같은 기분에 마냥 행복했다.

그리고 찾아온 최종 면접, 나는 최종 면접이 시작된 첫 날 첫 타자로 면접을 보기로 했다. 매도 먼저 맞는 것이 낫다고 며칠 늦게 본다고 내가 다른 사람이 되는 것도 아니고, 더 나은 내가 되는 것도 아니었기에 미루고 싶지 않았다. 무엇보다 '나의 현재 모습'으로 충분히 가능성이 있다고 스스로 믿었기 때문이다.

하지만 떨리고 긴장되는 건 어쩔 수 없었다. 나는 입이 바싹 마를 정도로 긴장을 했고 간절했던 만큼 더 떨렸다.

그 긴장과 떨림을 안고 면접장으로 들어선 순간 나는 승무원이 될 운명임을 직감했다. 면접장에 들어선 나를 맞이해주신 분은 다름 아닌 나를 무한 미소와 관심으로 대해주었던 그 면접관이었다. 어찌나 반갑던지, 함박웃음을 보이며 내가 던진 첫마디, "How are you, ma'am?"

그러자 그는 "I'm very good, thank you"라며 내게 환하게 웃으면서 대답해 주었다.

그렇게 나의 생애 첫 최종 면접이 웃음과 화기애애한 분위기로 시작되었다. 하지만 숨길 수 없는 긴장감으로 나의 목과 입이 바짝바짝 타들어갔다. 대답하는 동안 입이 바싹 말라 입술과 잇몸이 붙는 경험도 했다. 그런 내 모습을 보던 면접관이 웃으면 자신의 물병을 건네주었고 나는 감사하다는 말과 함께 거침없이 그 물을 들이켰다. 이렇게 인간미 넘치는 모습으로 주어진 질문에 솔직하게 내 경험과 이야기로 대답을 했다,

진지할 때는 진지하게, 즐거운 이야기를 할 때는 환하게 웃으면서 면접에 임했다. 그렇게 45분이라는 시간이 흘렀고, 다 끝났다는 면접관님의 말에 기쁨과 아쉬움이 교차하는 묘한 감정을 느끼며 감사하다는 말과 악수, 그리고 미소로 마무리했다.

면접이라는 것이 참 묘하다. 잘 본 것 같으면서도 시간이 지나면 후회되는 일들만 생각이 난다. '아, 그때 그렇게 대답하지 말 걸' 등등 온갖 후회들이 밀려오기 시작한다. 어느 날은 "잘했어, 걱정 마. 분명 좋은 결과 있을 거야" 했다가 5분 뒤에 "아, 이렇게 대답했어야 하는데, 떨어지면 어떻게 하지" 하는 부정적인 생각들과 함께 이불킥을 날리곤 했다.

최종 면접을 보고 합격 여부를 기다리는 시간은 정말 피 말리는 인고의 시간이었다. 이 인고의 시간 끝에 환희가 나를 맞이하거나 눈물이 맞이하기도 한다.

거의 한 달을 기다렸을까? 그 피 말리는 시간 끝에 나는 '귀하는 본 에미레이트 항공 면접에 최종 합격하셨습니다'라는 메시지와 함께 세상에서 가장 짜릿한 행복의 순간을 경험할 수 있었다.

나는 결코 그 누구보다 잘나서, 또는 완벽해서 승무원이 된 것이 아

니다. 장점도 많지만 부족한 점도 많다. 이런 내가 승무원, 그것도 경쟁률이 높기로 유명한 외국 항공사의 승무원이 될 수 있었던 이유는 간단하다.

나는 내가 완벽하지 않다는 것을 인정하고 부족한 부분은 인정하고 배우고자 하는 의지를 보였다. 화려하게 나를 포장하기보다는 수수한 나의 모습을 보여주었다. 그런 수수한 내 모습이 나는 편했고 자랑스러웠다. 면접관과 대화를 통해서 교류하고 다른 지원자들을 배려하고 응원했다. 내가 가지지 않은 것을 부러워하기보다는 가지고 있는 것들에 감사했다. 실수에 연연하기보단 그 순간의 실수마저도 즐겼다. 완벽을 추구하기보다는 최선의 노력으로 임했다.

나는 믿는다. 이런 나의 자세가 스펙을 넘어 나에게 승무원이라는 날개를 달아주었다는 것을.

승무원 양성학원 후배들의 면접 준비 디스커션

2

항공의 꽃,
승무원이 되고 싶은
당신에게

승무원은 예쁜 미소와 친절함만 가지고 되는 직업이 아니다. 강한 책임감, 상황대처능력, 문제해결능력, 신속함, 빠른 판단력 등 다양한 역량이 요구되어진다. 우리는 4만 피트 상공에서 소리 소문 없는 작은 전쟁을 치른다. 그 어떤 순간에도 우리는 늘 모든 상황에 준비되어 있어야 한다. 나는 승무원을 준비하는 당신이 환상이 아닌 현실을 보고 준비하라고 말하고 싶다.

당신은 왜
승무원이 되고 싶은가?

"너는 왜 승무원이 되고 싶니?"

나는 항상 처음 만난 제자들에게 이 질문을 한다. 하지만 이 질문에 쉽게 대답하는 친구들을 많이 만나보지 못했다. 승무원은 하고 싶은데 '왜' 되고 싶은지에 대해서는 스스로 생각해보지 않았기 때문이다.

승무원, 이 이름은 참 매력적이다. 그 묘한 매력에 빠져 많은 이들이 승무원에 도전하고 있다. 직업이 승무원이라고 하면 많은 이들이 '멋지다' 칭송해주고 부러워한다. 특히 한국에서 승무원이라는 직업은 나름 좋은 직업이라는 명성을 가지고 있다. 또한 보여지는 직업 중의 하나로, 화려함을 앞세운 연예인처럼 그 이름이 주는 명성과 매력에 선망의 대상이 되었다.

그러다 보니 승무원 준비생이라고 말하면 사람들에게 받는 나름의 환호에 빠져 정작 중요한 점은 간과하고 마는 친구들을 종종 만난다. 그것은 바로 내가 승무원이 되어야 하는 이유이다. 이 부분에 대한 확고한 마음이 서지 않는다면 닭 쫓던 개 지붕 쳐다보는 꼴이 되기 쉽다. 동경과 목표에는 큰 차이가 있기 때문이다.

나는 승무원이 되고 싶은 이유가 확고했다. 우선 해외에서 살면서 한국에 휴가처럼 들어오고 싶다는 나의 꿈에 가장 이상적인 직업이었다. 내가 처음 승무원을 준비했을 당시, 나는 뉴질랜드에서 워크 비자를 받아 뉴질랜드에 거주하면서 일할 수 있는 권리를 얻은 상태였다. 즉, 내가 원하던 꿈 중에 하나인 해외에 사는 것이 이루어진 것이다. 그렇지만 승무원이라는 직업은 그 꿈에 한국에 자주 올 수 있다는 장점이 더해졌다. 또한 수입적인 면에서도 그 당시 내 직업에 비해 두 배 이상 높았다. 이런 점들을 체크하고 나니 승무원을 준비하지 않을 이유가 없었다. 오히려 준비하고자 하는 이유가 명확했다. 현실적인 이유가 생기고 나서 나는 최선을 다해 준비했고 한 달 반 만에 승무원이 되었다.

많은 친구들이 현실을 등한시한 채 이상만을 쫓는다. 그러다 보니 변화가 없는 다람쥐 쳇바퀴 돌 듯한 자신의 모습에 쉽게 지치고 만다. 반면 나는 이상을 품은 상태로 현실을 준비했다. 내가 위치한 현실을 알고 있었기에 무엇을 해야 할지도 확실했다. 열심히 해야 하는 이유를 명확히 알고 노력하니 사소한 변화가 현실에서 생기기 시작했다. 현실에서 변화를 보기 시작하니 지치더라도 포기하지 않았다. 변화에서 가능성을 보았기 때문이다. 이것이 승무원이 되어야만 할 이유를 명확히 하는 이유이다.

승무원을 준비하는 많은 친구들은 '왜'라는 질문에 대한 답 대신 '내가 과연 될 수 있을까?'라는 질문에 관심이 더 많다. 그들은 늘 나에게 자신의 가능성에 대해서 알려 달라고 한다. 참 난감한 질문이 아닐 수 없다. 나는 점술가가 아니다. 그래서 이 질문에 대답하기가 참 힘들다.

10년 차 승무원으로 내가 느낀 점은 '승무원은 누구나 될 수 있지만, 아무나 되는 것은 아니다'는 것이다. 조금 더 과격한 표현을 쓴다면, 개나 소나 승무원이 될 수 있다. 다만 결과는 온전히 본인 스스로에게 달려 있다.

《내 머리 사용법》의 저자 정철은 이렇게 이야기한다.

"'될 수 있는가'라고 묻기 전에 '되고 싶은가?'라고 먼저 물어보세요. 되고 싶은 사람은, 간절히 되고 싶은 사람은, 됩니다!"

왜 되고 싶은가에 대한 이유가 확고한 사람은 그만큼 간절한 이유가 있다. 그래서 내가 지금 무엇을 해야 하는지를 명확하게 하고 행동으로 옮긴다. 하지만 이상만을 바라보면서 '하고 싶다'고만 생각하는 사람은 이유가 불확실하기에 무엇을 해야 할지도 모르고 설사 무엇을 해야 할지 알아도 실행에 옮기기 힘들어 한다.

전에 가르치던 제자 중에 한 명이 "선생님, 제가 웃고 싶지 않은데 면접관님을 만족시키기 위해서 꼭 면접에서 웃어야 하나요?"라고 질문을 했다. 나는 물론 "당연하지"라고 대답했다. 내가 말한 당연히 웃어야 한다는 것은 단순히 면접관을 만족시키기 위해서가 아니다. 승무원은 고객을 대하는 직업이다. 고객은 좋은 서비스를 받기 위해서 그만큼의 대가를 지불했다. 그 좋은 서비스에 있어서 미소는 기본 중에 기본이다. 즉, 미소는 서비스인이 가지고 있어야 하는 기본 자질인 것이다.

그리고 면접에서 면접관은 '자신의 만족'이 아닌 '승무원으로서 기본 자질'을 가지고 있는지를 확인하기 위해서 지원자의 미소를 보는 것이다.

승무원은 하고 싶은데 면접 시에 내가 웃고 싶지 않다고, 웃기 싫다고 한다면? 그럼 손님을 대하는데 있어 내가 웃고 싶지 않으면 손님에게도 웃지 않겠다는 말 밖에는 되지 않는다. 그렇기에 그런 태도로 면접에 임한다면 낙방하기 십상이다.

승무원뿐만 아니라 어떤 직업이든 내가 되고자 하는 이유가 확고한 사람은 먼저 그 직업에 대한 기본적인 업무와 자질을 살펴볼 일이다. 그리고 나에게 맞는 직업인지 파악하고 지금은 당장 그런 자질들이 내게 없다 하더라도 되어야 할 이유가 분명하다면 그에 맞춰 내 능력과 자질을 높이기 위해서 노력해야 할 것이다.

나의 입맛에만 맞춰서 살고 싶다면 그에 맞는 것을 찾아야 한다.

이유라는 것은 다른 말로 동기이다. 동기가 확고한 사람은 자극을 받고 변화하기 위해서 노력한다. 내가 간절히 원하기 때문에 노력하고 행동한다. 눈앞에 당장 큰 변화와 결과가 없어도 쉽게 좌절하거나 포기하지 않는다. 대신 철저하게 계획하고 알아보고 노력하고 행동한다. 그런 사람에게 변화가 생기는 것은 당연한 것이다. 그런 변화에 다시 동기를 받고 더 큰 노력을 한다. 그렇게 성취라는 것이 이루어진다. 선순환인 것이다.

반면 그냥 한번 해보고 싶다는 마음을 가진 사람은 동기가 약하기 때문에 노력은 하지만 결과가 빨리 오지 않으면 쉽게 좌절한다. 무엇을 해야 할지 갈피를 쉽게 잡지 못하지만 하고 싶기에 또 도전하고 또 쉽게 좌절하고 만다. 악순환인 것이다.

나는 많은 아이들을 가르치면서 이런 선순환과 악순환을 많이 보았다. 이 두 가지 사이의 가장 큰 차이점은 바로 마음가짐이다. 강한 마음가짐을 가지고 준비한 친구들은 노력으로 선순환을 만들어가고 그렇지 않은 경우의 친구들은 악순환을 반복하고 만다.

나를 이길 강한 마음가짐을 갖기 위해서 이유를 분명히 하라고 말하고 싶다. 무언가를 이루고자 하는 이유가 확실한 사람은 마음이 강해질 수밖에 없다. 꼭 이루어내야 하기 때문이다.

나의 제자였던 J라는 친구는 처음부터 승무원이 되고자 하는 이유가 확고했다. 처음 승무원을 준비했을 당시 그 친구는 영어는 한마디도 못

승무원 지망생을 지도하는 저자

했지만 중국어는 중국인 뺨을 칠 정도로 유창했다. 아직도 그 친구의 첫 말이 생생하다.

"선생님, 저는 중국어 강사로서 특별한 스펙을 가지기 위해서 승무원이 되고 싶어요. 한국에 유능한 중국어 강사는 많지만 승무원 출신이라면 더 메리트 있는 중국어 강사가 될 수 있기 때문입니다."

이유가 확고했던 만큼 수업을 듣는 태도나 피드백을 흡수하는 자세가 남달랐다.

구사할 수 있는 영어는 "How are you? I am fine, thank you"가 다였던 그 친구가 반년이 채 안 되서 변화하기 시작했다. 수업을 통해서 대답을

승무원 지망생 직업특강

준비해주면 그걸 듣고 받아 적고 나서 자기의 대답으로 만들기 위해서 읽고 또 읽었다.

아직도 기억나는 에피소드가 있다. 어느 날 갑자기 수업 전에 이 친구가 나에게 다가오더니 "선생님, 너무 죄송하게도 오늘 답변을 100번씩 읽어 오라고 하셨는데 70번밖에 못 읽어 왔어요. 죄송합니다. 하지만 오늘 최선을 다하겠습니다. 그리고 다음에는 꼭 100번을 채우겠습니다" 나는 그때 '이 친구는 무엇이 되도 되겠다!'라고 생각했다.

보통은 '시간이 없었어요', '바빴어요' 등의 변명을 늘어놓기 바쁘다. 하지만 이 친구는 달랐다. 변명보다는 반성으로 대신했다. 그렇게 6개월쯤 준비했을 때 면접 질문에 영어를 잘하는 사람처럼 구사하기 시작했다. 또 중국 항공사를 목표로 준비했기에 살을 좀 빼야 할 것 같다고 했더니, 정말 3개월 만에 자기가 목표로 정한 몸무게로 살을 빼왔다.

그렇게 중국 항공사라고 해도 모든 것이 영어로 진행된 면접에서 당당하게 합격의 기쁨을 맞이하게 되었다.

이처럼 목적이 확고한 사람은 변화를 두려워하지 않는다. 오히려 즐긴다. 내 제자였던 그 친구가 그랬고 나도 그랬다.

승무원은 누구나 될 수 있다. 처음부터 승무원의 자질을 가지고 태어난 사람은 없다. 하지만 아무나 승무원이 되지는 못한다. 승무원이 되고자 한다면 먼저 스스로 이 질문에 대답해보기를 바란다.

"나는 왜 승무원이 되려고 하는가?"

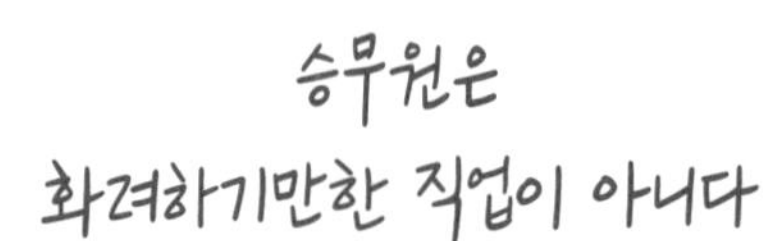

'승무원' 하면 당신은 무엇이 제일 먼저 떠오르는가?

종종 우리는 '하늘의 천사', '하늘 위의 꽃', '미소 천사', '친절함' 등의 많은 표현들로 승무원을 이야기한다. 또한 많은 사람들이 유니폼을 입고 미소를 머금은 채 캐리어를 끌고 공항을 지나가는 멋진 모습을 상상하고는 한다. 나 역시도 동료들과 함께 유니폼을 입고 캐리어를 끌고 공항을 지나갈 때 승무원으로서 자부심을 느낀다. 지나가는 순간 사람들의 시선이 우리에게로 고정된다. 가끔은 멋지다며 어느 항공사냐고 묻기도 한다.

이럴 때 나의 자존감도 함께 올라간다는 것을 숨기고 싶지 않다. 또한 기내에서 고객을 맞이하면서 인사를 건넸을 때 고객들의 시선에서도 이 직업의 멋짐이 느껴진다.

이런 시선을 받는 이유가 무엇일까에 대해서 곰곰이 생각해본다. 그건 승무원이 가지고 있는 화려한 명성 때문일 것이다. 우리는 의사, 변호사 등 되기 힘든 직업에 열광하고 환호한다. 나 역시도 누가 의사라고 하면 존경의 눈빛으로 바라봐진다.

이런 직업들을 보면 그런 직업인이 되기 위해 높은 스펙을 쌓아야 한다. 그러려면 많은 시간과 노력을 쏟아야 하는 것은 기본이다. 그래서일까? 이런 직업이 주는 혜택 또한 만만치 않다. 재정적인 견고함은 기본이고, 각종 편의가 제공된다.

승무원 또한 그렇다. 거기에 우리는 보여주는 직업이라는 특성이 함께 한다. 멋지게 유니폼을 차려 입고 미소로 고객을 응대하는 직업이라는 이미지가 맞물려 화려한 명성을 탄생시킨 것이다.

백조는 물 위에서 우아하고 멋지게 헤엄을 친다. 그런 백조의 모습에 우리는 아름다움을 느낀다. 하지만 물 아래에서는 우아하게 헤엄치기 위해서 힘차게 물갈퀴를 저어야 한다.

보여지는 물 위의 모습은 멋지지만 실상 물 아래의 모습은 물 위를 헤엄치는 여느 새들과 다르지 않다. 승무원도 다른 직업처럼 화려하기만 한 직업이 아니다. 오히려 힘든 직업군이다.

승무원이라는 직업은 감정노동자를 대표하는 직업이다. 체력적으로도 결코 쉬운 직업이 아니다.

승무원들 사이에서는 이런 말이 있다. "If you work as a cabin crew,

4만 피트 상공에서 비행 서비스 중인 저자

you can see everything in the world." 이 말은 '승무원으로 일한다면 세상의 모든 것을 다 볼 수 있다'는 뜻이다. 우리는 늘 4만 피트 상공에서 최상의 상황과 최악의 상황을 오가면서 고군분투하고 있다. 비행기의 문이 닫히는 순간 우리는 세상 모든 시나리오에 맞닥뜨리게 된다.

갇힌 공간에서, 그것도 4만 피트 상공에서 사람들은 더 예민해진다고 한다. 산소가 지상보다 부족하고 행동반경도 기내 안으로 국한되어 있다 보니 평소 아무렇지 않은 일에도 쉽게 예민해진다고 하는 기사를 읽은 적이 있다. 그 기사를 읽은 후 나는 손님들의 반응을 더 잘 이해할 수 있게 되었다. 하지만 이해를 더 잘하게 되었다고 그런 상황들이 괜찮아지는 것은 아니다.

✈

공항이라는 바쁜 장소에서 많은 사람들이 자신의 비행기를 타러 간다. 때로는 잠시 휴식을 취하기도 하고 때로는 촉박한 시간에 정신없이 달리기도 한다. 물론 그 안에서 각종 일들이 발생한다. 그 모든 것을 안고 손님들은 비행기를 탄다.

비행기 문이 닫히는 순간 승무원들만이 그들에게 해결 창구가 되어버린다. 손님들은 승무원에게 지상에서 일어난 일이었지만 해결할 수 없었던 불평, 불만들을 쏟아내기도 하고 비행기 안에서 생긴 불만도 쏟아낸다.

이런 불평, 불만은 그나마 괜찮다. 손님들은 비행 중 몸의 이상 상태를 호소하기도 하고 금단 현상을 이기지 못하고 기내에서 흡연을 하는 경우도 있다. 때로는 손님들끼리 싸우거나 약주를 과하게 하고 주사를 심하게 부리기도 한다.

비행을 10년째 하다 보니 정말 많은 일들을 겪었다. 위에 언급한 모든 상황이 내가 직접 경험한 것이고 언급을 못한 것도 많다. 어린아이가 화장실 바닥에 싸놓은 똥을 직접 치운 적도 있다. 애기 엄마가 좌석에서 애기 기저귀를 갈고 나서 그 똥 기저귀를 내 손에 직접 주거나 좌석 주머니에 넣어 놓고 그냥 비행기에서 내린 적도 있다. 이건 양반이다. 우리나라 손님은 아니었지만 똥 기저귀를 펼친 상태로 해서 좌석에 놓고 내린 손님도 있다. 손님이 토한 걸 처리해주거나 하는 일은 이제 간단한 업무에 속한다.

✈

이 모든 일에 승무원은 늘 대비하고 준비하고 있어야 한다. 고객 불만은 최선의 노력을 다해서 해결해야 하고 기내 또는 다른 손님과 승무원의 안전에 위협을 가하는 행동이나 손님에 대한 제재도 해야 한다. 또한 메디컬 관련 응급사항이 생기면 신속하고 정확하게 대처해야 하는 것도 우리의 업무이다. 즉, 기내에서 일어나는 모든 일을 책임지고 처리해야 한다.

이렇듯 승무원은 예쁜 미소와 친절함만 가지고 되는 직업이 아니다. 강한 책임감, 상황대처능력, 문제해결능력, 신속함, 빠른 판단력 등 다양한 역량이 요구된다.

어느 날, 동유럽에서 아부다비로 오는 길에 생긴 일이다. 우리는 복도가 하나인 작은 기종의 비행기로 아부다비로 오고 있었다. 보통 이런 작은 기종에서 나는 사무장으로 일을 한다. 한참 비즈니스석 손님들에게 서비스를 하고 있었는데 갑자기 이코노미석에서 일하던 승무원이 인터폰을 하더니 나를 애타게 찾았다. 무슨 일이냐고 물었더니 손님 중 한 분이 기내에서 제공되는 술이 아닌 개인이 사가지고 들고 온 술을 전부 드시고 취기가 심하게 오른 상태로 술을 요구하다 그 손님을 훈계하는 다른 손님과 시비가 붙었단다.

나는 즉시 본인의 술을 마신 손님에게 다가가 항공법에 의거하여 기내에서 제공되는 술 이외에는 다른 술을 마시는 것은 금지되어 있다고 확고하고 단호하게 말했다. 동시에 취기가 심했기에 더 이상 술을 요구하

비행을 마치고 귀국하는 저자

지 않겠다는 확답을 받았다. 그리고 다른 손님에게 간단한 감사인사와 함께 앞으로는 승무원이 상황을 통제할 수 있도록 더 노력하겠노라 하면서 우리에게 맡겨 주라 말했다.

나는 다시 서비스를 마치기 위해서 비즈니스석으로 돌아왔다. 한 15분 정도 흘렀을까. 다시 인터폰이 울렸고 또 다른 두 명의 손님들이 시비가 붙었는데 한 명이 다른 사람의 눈을 주먹으로 가격했다고 했다. 즉각 나는 그 손님들에게 달려갔다. 내 덩치의 두 배만 했던 장정 두 명에게 동시에 폭력의 위험성과 항공법에 관해 이야기하고 폭력을 행사한 손님에게 구두로 경고를 했다. 그리고 다시 이런 일이 있을 경우 단호하게 조치를 취하겠노라 이야기하고 두 손님을 진정시키고 있었다. 그때 승무원 한 명이 뒷줄에 계신 손님이 알레르기 반응을 보인다고 하여 상태를 살피고 조치를 취하기 위해서 그 손님에게 향했다.

✈

드라마 속에나 나오는 일 같은가? 내가 실제 겪은 일이다. 내가 이 일에 매달려 있던 순간에 우리 승무원들은 다른 고객의 불평을 처리해야 했고 서비스를 마쳐야 했다.

이 비행처럼 많은 일들이 한꺼번에 생기는 경우가 비일비재하다.

이렇듯 승무원은 예쁜 미소만을 보이면서 서비스를 하는 직업이 아니다. 우리는 4만 피트 상공에서 소리 소문 없는 작은 전쟁을 치른다. 물론 아무 일도 없이 평온한 비행을 하는 경우가 더 많다. 하지만 그런 순간에도 우리는 늘 모든 상황에 준비되어 있어야 한다.

어느 직업이나 힘들지 않은 직업은 없다. 승무원도 그렇다. 하지만 처음부터 이런 일들에 능수능란하게 대처할 능력을 가지고 있어야 한다는 것은 아니다. 승무원이 되면 기본적인 트레이닝을 거쳐서 대처 방법을 배운다. 또한 경험을 통해서 성장하고 배우게 된다.

다만, 나는 승무원을 준비하는 당신이 환상이 아닌 현실을 보고 준비하기를 바란다. 그래야 힘들게 입은 유니폼을 쉽게 포기하지 않을 것이다.

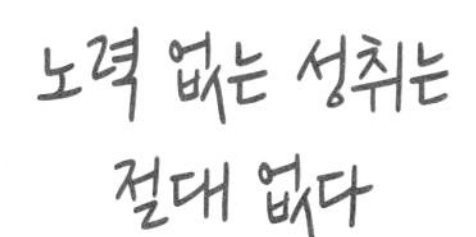

누구나 성공을 꿈꾸고 인생의 변화를 바란다. 이 책을 읽고 있는 당신 또한 이루고자 하는 꿈을 가진 사람일 것이다. 그 꿈이 무엇이든 다 이룰 수 있다. 그 꿈을 이루기 위해 노력에 노력을 더 한다면 말이다.

강의를 하면 정말 많은 친구들을 만났다. 존경심이 우러나올 정도로 최선의 노력을 다하는 친구들부터 귀찮은 건 하나도 안 하려는 친구들까지 다양한 부류의 사람들을 겪었다. 정말 힘든 경우는 노력은 하나도 하지 않고 변명으로 일관하면서 결과가 눈앞에 펼쳐지기를 바라는 친구이다.

말할 필요도 없이 늘 노력으로 임하던 친구들은 승무원이 되거나 다른 쪽으로 나름의 성취를 얻는 것을 자주 본다. 반면 그렇지 않은 이들은 실패의 쓴맛을 보면서 지금도 '왜' 자신이 실패를 겪는지 알지 못한다. 이처럼 다양한 친구들을 가르치고 함께하면서 내가 알게 된 한 가지는 실패한 사람들이 했던 행동의 반대로만 해도 성공의 길에 가까워진다는 것이다.

실패를 하는 대부분의 친구들은 아래와 같은 변명으로 일상을 대한다.

'늘 시간이 부족하다'

누구에게나 24시간이라는 똑같은 시간이 주어진다. 똑같이 주어진 시간 안에 어떤 사람은 많은 일들을 해내고 어떤 이들은 아무것도 해내지 못한다.

과제를 주고 나서 해오지 못한 친구들에게 이유를 물어보면 늘 시간이 없었다고 한다. 일 때문에 바빠서 또는 학교 과제 때문에 시간이 없었다고 한다. 근데 재미있는 사실은 답변을 만들어오거나 연습해올 시간이 없었다던 친구들에게 주말에 뭐했는지를 물어보면 영화를 봤다거나 남자 친구랑 여행을 갔다거나 친구 만나서 쇼핑을 하거나 맛있는 거를 먹으면서 재미있는 시간을 보냈다고 천진난만하게 대답을 한다.

대답을 듣고 있자니 어이가 없어진다. 놀 시간은 있지만 내 꿈과 목표를 위한 시간은 없었다는 말 아닌가? 이들에게 있어 우선순위는 남자친구와의 시간 또는 친구와의 시간인 것이다.

어떤 이들은 놀러 다닌 것도 아니고 특별히 한 것도 없었는데 시간이 없었다고 한다. 정말 답변을 준비할 시간이 일주일에 단 한 시간도 없었냐고 물어보면 특별한 일은 없었지만 너무 바빠서 시간이 없었다고 한다. 그런데 무엇 때문에 바빴는지는 여전히 오리무중이다.

이상하기 짝이 없다. 나는 비행을 하고 집에 오면 비행 관련 리포터를 쓰고 강의를 하고 책을 쓴다. 한국에 들어오면 한 아이의 엄마로서 지내면서 오프라인 강의를 나가거나 온라인 강의를 하고, 자기 계발 관련 수업을 듣거나 책 작업을 한다. 그러면서도 TV 볼 시간, 잠잘 시간, 멍 때릴 시간, 게으름 필 시간이 넘쳐난다. 때로는 위의 모든 일들을 하면서도 너무 시간을 허비한 것 같아서 스스로 반성하기도 하면서 말이다.

나에게 남들과 다른 48시간이 주어졌기 때문에 이 모든 일을 하면서도 시간이 남는 것일까?

답은 하나, '아니다'이다.

나에게도 남들과 똑같은 24시간만 주어졌다. 하지만 내가 그들과 다르게 많은 일들을 해낼 수 있는 이유는 '우선순위'와 '목적의식' 이 두 가지 때문이다.

목적의식을 가지고 우선순위를 정해서 일을 하다 보니 시간을 효율적으로 쓰게 된 것이다. 물론 한 번에 잘하게 된 것은 아니다. 많은 시행착오를 겪으면서 노력한 결과 점점 시간을 효율적으로 쓰게 된 것이다.

시간이라는 녀석은 참 재미있다. 가만히 두면 눈 깜짝할 사이에 금방 흘러가버린다. 하지만 목적의식을 가지고 관리하기 시작하면 오히려 시간이 더 많아진다.

✈

'늘 아프다'

이상하게도 수업 날이 되면 아픈 친구들이 많아진다. 자신이 아프지 않으면 가족 중에 누군가는 꼭 아프다. 그러면서 수업을 할 수 없다고 한다.

아프다는 것이 거짓말이라고 생각하지는 않는다. 하지만 그 순간에 자신이 결정한 선택을 보면 그들의 미래가 보인다고 할 수 있다.

제자 중 J라는 친구와 어느 날 수업을 하고 있었다. 계속 코를 훌쩍거리고 목소리도 많이 안 좋았다. 그래서 어디 안 좋은지 넌지시 물었더니 괜찮다며 수업에 대한 의지를 보였다. 하지만 너무 상태가 안 좋아 보여서 오늘 수업은 다음으로 미뤄주겠다고 하는데도 안 된단다. 오히려 몸 관리 제대로 못해서 나에게 걱정을 끼쳐서 죄송하다면서 더 정신 차리고 하겠다는 녀석을 다독여서 다음 시간에 오늘 몫까지 열심히 하면 된다고 말렸다.

너무 아쉬워하면서 그럼 다음 시간에 두 배로 잘 준비해 오겠다면서 안타까워하는 그 친구와의 수업을 겨우 마무리했다. 그 뒤 일 년 가까이를 함께하면서 그 친구가 아픈 적은 그때가 처음이자 마지막이었다.

사람의 신체는 정신의 지배를 받는다. 그래서 내가 '아프다, 아프다' 하면 진짜 아픈 것 같은 착각을 불러일으키기도 한다. 20대 시절, 나 역시도 일 가기 싫어서 자주 아프다는 핑계를 대 보았기에 하는 이야기다. 일 가기 싫은 날은 신기하게도 몇 시간 전부터 진짜 아파진다. 그리고 일을 안

가고 한두 시간 쉬고 나면 희한하게도 멀쩡해지곤 했으니 말이다.

지금의 나는 정 반대이다. 비행에 지쳐 몸이 파김치가 되어도, 몸살이 나서 몸에 기운이 하나도 없다가도 수업 할 때는 멀쩡해진다. 그리고 수업이 끝나면 일명 시체놀이를 하면서 침대에서 쉬곤 한다. 하루에도 이런 상태를 여러 번 반복한다.

신기하게도 수업을 하고 난 뒤에도 제자들은 내가 피곤하거나 몸이 안 좋은 상태인 줄 모른다. 그만큼 내가 좋아하면서 책임감을 가지고 하는 일이기에 가능하다고 생각한다.

아픈 것은 나쁜 것이 아니다. 당연히 아플 수 있다. 하지만 공부하기 전만 되면, 중요한 일을 앞두고, 수업 시간이 다가오면 자주 아프다면 자신을 다시 한 번 뒤돌아보길 바란다.

'해도 안 된다'

"선생님, 전 원래 영어를 못해요", "선생님, 전 원래 못 웃어요", "전 원래 높은 굽은 못 신어요", "전 원래 화장이랑 머리 잘 못해요."

이 세상에 원래 잘하고 태어난 사람이 몇이나 있을까? 과연 그런 사람이 있기나 할까?

나는 없다고 본다. 물론 어떤 분야에 재능을 타고난 사람도 있다. 하지만 그런 사람마저도 그 재능을 개발하고 발전시키기 위해서 노력이 필요하다. 하지만 많은 친구들이 원래 못한다는 전제를 가지고 '해도 안 된다'는 변명으로 스스로를 위로한다.

수많은 실패를 딛고 66세의 나이에 〈KFC〉를 설립한 켄터키 할아버지로 유명한 커넬 샌더스*Harland David Sanders*는 그의 성공을 두고 이렇게 말했다.

"나는 내게 특출한 재능이 있다고 생각해 본 적이 없어요. 그럼에도 내가 성공한 가장 큰 이유는 열심히 일한 것, 그거 하나입니다. 열심히 일하세요. 열심히 일하는 것, 그건 성공을 위한 기본 중의 기본입니다."

나 역시도 타고난 특출한 재능은 하나도 없다. 그렇기에 나는 더 열심히 하루를, 한 달을, 일 년을 살았다. 주어진 일에 최선을 다했고, 살아남기 위해서 노력했다.

부사무장의 삶도, 강사의 삶도, 작가의 삶도 나에게 그냥 주어진 것은 없다. 나는 리더십을 타고나지 않았고, 대중 앞에 서는 것에 울렁증이 있다. 또한 어려서부터 책 읽는 것도 싫어했고 글 쓰는 것은 정말 최악이었다.

내가 이렇게 말하면 내 제자들은 "에이, 선생님 말도 안 돼요. 선생님은 모두 타고나신 것 같은데요"라며 내가 한 말을 믿지 못하겠다는 반응을 보인다.

참 고마운 말이다. 타고난 것처럼 보이고 느낄 만큼 현재 내가 잘하고 있다는 말이기에.

하지만 나의 가족과 고등학교 때부터 나의 단짝이었던 오은정이라는 친구는 부족함이 많았던 내 과거 모습과 그 부족함을 채우기 위해 내가 쏟은 눈물과 노력을 알고 있다. 그래서 그들은 내가 이룬 모든 것들을 진정으로 축하해주고 대견스럽게 생각한다.

과거의 박혜경에 비해 현재의 박혜경은 참 많은 변화를 했다. 변방에서 돌던 내 인생이 세상의 중심으로 들어온 것이다. 가진 것이 하나도 없던 사람에서 많은 것을 가진 사람이 되었다. 잘하는 것이 없던 사람에서 잘하는 것이 많은 사람이 되었다.

이렇게 내 인생이 급변하게 된 가장 큰 이유는 바로 '노력'이다.

세상에 그냥 주어지는 것은 절대 없다. 노력한 만큼 얻게 되는 것이다.

지금과는 다른 삶을 살고 싶다면, 내가 지금까지 갖지 못한 것을 갖기를 원한다면 지금과는 다르게 살아야 한다. 못한다는 변명 대신 노력으로 하루에 작은 변화를 만들 수 있다면, 내일의 나와 미래는 변하게 될 것이다.

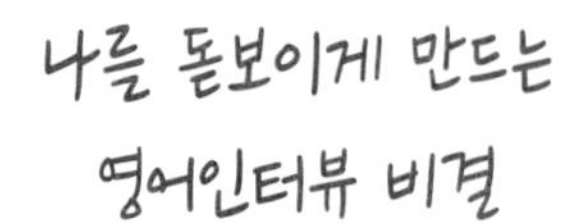

승무원이 되기 위한 첫 관문이자 마지막 관문이라고 말해도 부족함이 없는 것이 면접이다. 서류전형을 제외하고는 내가 어떻게 면접을 보았느냐에 따라서 결과가 달라지기 때문이다. 이렇게 면접이 중요하기에 많은 친구들이 면접 준비에 열을 올린다. 몇 십 명을 뽑는데 많게는 몇 천 명이 몰리는 승무원 면접에서 어떻게 해야 나를 돋보이게 만들 수 있을까?

이 장에서 나는 내가 그동안 직, 간접적으로 얻게 된 '나를 돋보이게 만드는 영어인터뷰 비결'을 나누고자 한다.

우선은 항공사에 따라서 면접 진행 절차가 다르기에 이에 대한 파악이 필요하다.

보통 중동에 위치한 항공사들은 CV Drop*지원자가 이력서를 직접 면접장에 들고*

영어면접 일대일 강의 중인 저자

*가서 면접관에게 이력서를 내고 몇 가지 질문을 받고 그 자리에서 합격 여부가 결정되는 면접 과정*을 하고 영어시험과 그룹영어토론 과정을 걸쳐서 최종 면접을 본다.

면접 장소와 날짜가 각 항공사 홈페이지를 통해 먼저 공지되고 누구나 참석 가능하다. 때로는 온라인 지원을 통해서 인비테이션*면접에 오라고 하는 초대장*을 받은 친구들에게 위의 면접 과정을 볼 수 있는 권한이 주어진다.

아시아권 항공사는 보통 서류전형의 과정이 있다. 보통은 온라인 지원을 통해서 합격과 불합격의 소식을 알려준다. 그리고 합격한 지원자들에 한해서 면접이 이루어진다. 아시아권 항공사의 첫 면접 과정은 보통 그룹 면접으로 시작된다. 5명에서 많게는 10명 정도 되는 지원자가 한꺼번에 면접장에 들어가 면접관 앞에서 공통 질문과 개별 질문을 받으면서 평가가 진행된다. 그리고 합격 여부를 발표하고 2차 면접으로 넘어간다.

2차 면접은 그룹토론일 수도 있고 영어시험일 수도 있다. 마지막은 일대일 또는 다대일 최종 면접이다.

그렇기에 내가 지원하는 항공사의 면접 과정을 미리 체크하고 이에 맞게 잘 준비해야 당황하지 않고 성공적으로 면접을 볼 수 있다. 또한 면접 과정이라는 것은 수시로 변할 수 있으므로 스스로 업데이트하는 센스도 필요하다.

면접이라는 것이 사람이 하는 일이라 쉬우면서도 또 어렵다. 그날 면접관 마음에 들면 합격이고 그렇지 않다면 불합격을 받기 때문이다. 그러다 보니 많은 친구들이 면접관에게 잘 보이기 위해서 부단히 애쓴다. 질문에 대한 대답마저도 면접관이 좋아할 만한 답으로 준비하기 위해 노력한다. 대답에 본인의 이야기는 없고 면접관을 위한 내용들로 가득차기 시작한다. 잘 보이고자 하는 욕심에 과장과 거짓들도 종종 들어간다.

하지만 면접관은 바보가 아니다. 지금까지 몇 천 명 이상을 면접을 본 사람들이 거짓과 사실을 구분 못할 리가 없다. 면접 강의를 시작한 나 역시도 강의 중에 제자가 가져온 거짓 대답은 99% 잡아낼 수 있는데 하물며 셀 수 없이 많은 면접을 본 면접관이 모르겠는가?

또 하나는 지원자가 하는 모든 말을 곧이곧대로 믿지 않는다는 것이다. 이유는 간단하다. 모든 지원자 말을 다 믿으면 모두 좋은 말만 하기 때문에 다 뽑아야 한다. 그래서 대답에 대한 집중 질문으로 검증 작업을 거치는 것이다.

✈

이쯤 되면 더 궁금할 것이다. 도대체 어떻게 해야 면접에서 나를 잘 어필할 수 있을지 말이다. 여기 나를 매력적으로 돋보이게 하는 영어인터뷰 비결을 7가지로 정리해봤다.

하나, "Thank you"라는 매직워드

나는 늘 '감사합니다'라는 말의 중요성을 강조한다. 감사 표현은 인간관계를 돈독하게 하고 그 사람의 됨됨이를 파악하게 하는 최고의 말이다. 대답이 끝나고 나서, 면접관이 문을 잡아 주거나 물을 주셨을 때, 대답 시간을 달라고 한 뒤 면접관이 나를 기다려주었을 때 등등 모든 순간에 감사함을 표해보자. 당신을 바라보는 면접관의 얼굴에서 미소를 쉽게 찾아볼 수 있을 것이다. 이 단순한 단어가 가진 힘은 상상을 초월한다.

둘, 대답은 밖에서 찾아 가져오는 것이 아니라 내 안에서 찾는 것이다

위에서 잠깐 언급했듯이 많은 친구들이 잘 보이고 싶다는 욕심에 내가 아닌 다른 사람을 데려다 놓고 면접을 본다. 말인 즉, 자신이 생각하는 이상적인 내용들로 답변을 채운다는 것이다. 누가 '이렇게 대답해서 합격했대!'라는 소리를 들으면 자신의 경험이 아닌데도 그 대답을 그대로 가지고 와서 자신의 대답으로 만든다. 남들의 대답 중 멋지다고 생각하는 것이 있으면 이 또한 가져다 쓴다.

이처럼 많은 준비생들이 본인이 직접 경험하고 느낀 현실성 있는 대답이 아닌 화려하고 멋져 보이는 답변을 추구한다. 이런 경우 조금만 압박 질문을 하면 지원자는 자신이 무슨 대답을 했는지 잊고 방금 자기가 한 말을 스스로 부정하기도 하고, 뭐라고 대답할지 몰라 꿀 먹은 벙어리가 되기도 한다.

면접은 나에 대해서 이야기하는 자리이다. 그런 면접을 다른 이의 생각과 경험을 가지고 와서 대답하려고 하니 현실성도 떨어지고 당연히 공감도 이끌어낼 수 없게 된다.

나의 작은 생각, 소소한 경험들이 면접에서는 그 무엇보다 중요하다. 바로 그것들을 통해서 지원자의 진정한 면모를 파악할 수 있기 때문이다.

명심해라! 대답은 밖에서 찾아 가져오는 것이 아닌 내 안에서 스스로 찾아내야 한다는 것을!

셋, 슈거리(sugary)는 되지만 거짓말은 안 된다

두 번째 경우와 비슷하게 잘 보이고자 하는 욕심에 때로는 거짓말로 대답을 만들기도 한다. Sugary*녹인 설탕을 빵이나 쿠키 등에 입히는 작업, 여기서는 대답을 다듬는다는 뜻으로 사용했다* 작업은 절대 필요하다. 내 생각이나 경험을 정리하지 않고 날 것의 느낌으로 그대로 전달한다면 오해를 불러일으키기 십상이다. 또한 '보기 좋은 떡이 먹기도 좋다'는 말처럼 잘 정돈된 대답을 했을 때 면접관이 지원자에 대해서 더 좋은 인상을 가질 수 있기 때문이다.

하지만 절대 거짓말은 안 된다. 앞에 계속 언급했듯이 면접관은 지원자의 대답을 확인하려고 한다. 그렇기에 질문에 대답을 하고 나면 해당 예시를 가져오라고 한다. 내가 직접 경험한 일이 아닌 경우 바로 여기서 금세 지원자가 거짓말을 하고 있다는 것이 들통나게 된다.

참 재미있게도 내 제자들이 하는 대답을 들으면 예시까지 묻지 않아도 거짓말임을 알 수 있다. 실제 있었던 일이냐고 물으면 어떤 친구는 멋쩍어하면서 바로 인정하고 어떤 친구는 사실이라고 반박한다. 하지만 확실하게 말해줄 수 있는 것은 그 반박이 오래 가지 못해 들통난다는 것이다. 이게 실제 면접이었다면 낭연 탈락이다.

넷, 기대치를 높이면 실망도 큰 법

슈거리를 하라고 하니 과하게 설탕을 뿌린 경우이다. 실제로 있었던 일이라고 하지만 자신이 한 행동을 과하게 표현하거나 자신을 너무 완벽한 사람으로 묘사해 놓는 경우를 종종 보게 된다.

면접관은 좋은 의도로 면접에 임하기에 지원자가 하는 말을 그대로 믿지는 않지만 그렇다고 무조건 '아닐 거야' 하고 의심의 눈초리로 보지도 않는다. 그래서 처음 과장된 내용을 접하면 그만큼 지원자에 대한 기대치가 커진다. 높은 기대를 안고 면접을 진행하다 보면 지원자가 가진 밑천이 드러나게 되고 얼마 가지 않아 바닥이 드러나기 시작한다. 순간 높았던 기대만큼 실망감이 커지게 된다.

반면 과장하지 않은 진솔하고 진정성 있는 대답은 비록 낮은 기대치에서 시작할지는 모르지만 그 기대치가 상승할 가능성이 무궁무진하다.

다섯, 모두가 이기는 WIN-WIN 법칙

제자들을 가르치면서 면접을 진행하거나 제자들의 면접 이야기를 듣다 보면 다른 지원자를 나의 적이라고 간주하는 경우를 종종 보게 된다.

예전에 에티하드 면접 과정 중에 하나였던 '파트너 소개'를 강의 시간에 진행한 적이 있다. 그때 P라는 제자가 파트너를 소개하고 나서 자신을 소개하는 파트너가 자신을 지극히 평범하게 소개하자 정색을 하면서 쳐다보고 있는 것을 보았다. 당연히 파트너 소개가 끝나고도 그 P라는 친구는 얼굴에 자신의 파트너였던 친구에 대한 실망과 원망이 서려 있었다. 그에 관해 피드백을 주니 억울한 표정이었다. 자신은 파트너를 잘 표현해 주었는데 파트너가 자신을 잘 소개시켜 주지 않으면 결국 자신만 면접에서 떨어지는 것 아니냐는 것이었다.

나는 그 친구에게 그래서 떨어지는 것이 아니라, '날 어떻게 소개시키는지 두고 보겠어' 하는 눈빛으로 파트너를 대하는 그 모습에 떨어지는 것이라는 이야기를 해주었다.

처음에는 잘 이해하지 못한 눈치였다. 그러다 실제 면접에서 역시나 파트너 소개에서 낙방하고 말았다. 그때도 어김없이 파트너에게 '잘해'라는 강렬한 눈빛을 보냈다고 한다.

그 뒤, 실패를 교훈삼아 마음을 내려놓고 다시 심기일전해 면접에 도전했다. 이번에는 달랐다. P는 내려놓은 마음 때문인지 긴장한 파트너가 P를 South Korean*한국인*이 아닌 South Africa*남아프리카공화국인*으로 말했을 때, 노려봄 대신 웃음으로 괜찮다는 표정을 지어 주었다고 한다. 그리고 면접관을 바라보니 그런 자신을 보고 미소를 짓고 있는 걸 발견하게 되었다고 했다.

결과는? 당연 합격이었다. 그 자세가 P를 최종 합격까지 이끌어준 것이다. 그리고 지금 에티하드 항공에서 4년 차 승무원으로 여전히 멋지게 비행하고 있다.

면접은 개개인을 보는 것이다. 즉, 상대평가인 것이다. 절대평가로 어떤 특정 기준으로 평가해서 A가 합격 시 B가 떨어지는 것이 아니란 말이다. 지원자가 맘에 들면 합격인 거고 아니면 불합격이다. 그렇기에 남을 배려하는 자세로 WIN-WIN 하는 모습을 보인다면 그 자세로 인해서 분명 좋은 결과를 얻게 될 것이다.

여섯, 열정, 모든 것을 이기는 키워드

승무원뿐만 아니라 어떤 직업에 면접을 가도 열정적으로 보이는 지원자가 그렇지 않은 지원자보다 돋보이는 건 기정사실일 것이다.

강의를 하다 보면 너무 침착하거나 아무 감정도 드러내지 않는 친구들을 보게 된다. 특히, 승무원이 되고 싶은 이유를 묻는데 책 읽듯이 대답을 읊는다. 얼굴에는 아무 표정이 없다. 그런 지원자를 보고 면접관은 무슨 생각을 하고 어떤 마음이 들까?

예를 들어, 남자친구가 자신을 만나 아무런 감정을 드러내지 않는다고 가정해보자. 온갖 애교를 부려도 어떤 감흥도 표하지 않고, 화도 내지 않고 그냥 그렇게 자신과의 시간을 보낸다면? 나를 사랑하느냐는 질문에 그렇다고 대답을 해도 당신은 과연 그에게서 사랑을 느낄 수 있겠는가?

면접도 똑같다. 열정을 표하지 않는 지원자에게서 과연 무엇을 느낄 수 있겠는가? 정말 승무원이 되고 싶어서 찾아온 것이 맞는지 헷갈릴 것이다. 반면 열정적인 지원자들은 밝은 긍정의 에너지를 마구 발산하면서 면접에 최선을 다한다. 면접관은 그 열정적인 에너지에 매료되게 되어 있다. 그래서 자신의 열정을 잘 표현한다면 남들에 비해 영어가 부족해도, 스펙이 낮아도 그 열정 때문에 합격의 길에 들어설 수 있다. 또한 그 열정이 면접관에게 '이 지원자는 앞으로 어떤 일을 시켜도 잘하겠다'는 믿음을 심어줄 것이다.

일곱, 실수를 두려워하지 말라

강의를 하다 보면, 수강생 중에는 대답을 실수했거나 준비한 내용을 생각했던 것처럼 잘하지 못할 경우 표정과 행동으로 자신의 실수에 대한 원망과 책망을 보낸다. 면접관 앞에서 말이다. 자신의 실수에 화난 표정을 짓는 친구도 봤고, 얼굴이 굳어 무표정이 되는 친구도 봤다. 그리고 자포자기해 버리거나 세상을 다 잃은 표정으로 우울해하는 친구도 있었다. 면접이 한창 진행 중인데도 말이다.

반면 자신의 실수에 대해 미안함을 표하고 다시 열심히 하려고 하는 친구도 보았다. 나 역시도 내 첫 면접에서 많은 실수를 했다. 면접관의 질문을 잘못 알아 들어서 동문서답을 한 적도 있다. 면접관의 그 질문이 아니었다는 말에 나는 "미안합니다, 제가 잘못 이해했나 봅니다. 질문을 다시 말해주시겠어요?"라고 멋쩍은 미소와 함께 대답했다. 그런 나에게 오히려 면접관은 괜찮다고 웃으면서 더 쉽게 나를 이해시켜 주려고 하셨다.

실수는 누구나 한다. 하지만 실수를 한 뒤 지원자가 보인 행동에 의해서 면접관이 지원자에게 느끼는 감정이나 평가는 달라질 것이다. 결국 면접에서 실수를 했기 때문에 떨어지는 것이 아니고 그 뒤 당신이 보인 행동 때문에 떨어지는 것이다.

위에 언급한 비결들을 잘 습득해서 면접 준비를 한다면 당신도 면접에서 멋지게 돋보일 수 있을 것이다. 모든 건 내가 면접에서 어떻게 하느냐에 달려 있다는 사실을 잊지 말길 바란다.

승무원은 스펙으로 되는 직업이 아니다

어느 날 제자가 "선생님, 승무원이 되는데 인명구조자격증이 있으면 도움이 되나요?"라고 물었다. 실제 많은 승무원 준비생들이 이와 비슷한 많은 질문들을 해온다.

"선생님 토익 점수는 몇 점 이상이어야 하나요?", "CPR심폐소생술을 배우면 도움이 되나요?", "제2외국어는 필수인가요?", "어떤 자격증이 있으면 도움이 될까요?", "학점이 높으면 좋겠죠?", "장학금 받은 것이 도움이 되나요?", "봉사활동을 하면 점수에 들어가나요?"

이런 질문들을 받을 때마다 나는 안타까운 한국의 취업 현실에 대해서 다시 한 번 생각해보게 된다.

많은 취준생들이 취업을 위해서 스펙을 올리기에 열을 올린다. 각종 자격증을 따기 위해서 학원으로 몰려가고 봉사활동마저도 취업을 위한 스펙의 일환으로 하고 있다는 소리까지 들리곤 한다. 제2외국어 점수도 스펙 중의 하나로 그 언어를 구사하는 능력보다는 시험 점수를 높이기 위해서 학원을 다니고 시험을 보러 다니는 취준생들을 많이 만나기도 했다.

참 안타까운 현실이 아닐 수 없다. 이런 사회적 분위기는 승무원을 준비하는 준비생들에게도 영향을 미치고 있다. 그렇기에 준비생들이 이런 부분들을 걱정하는 것이 이해는 된다. 하지만 승무원은 절대 스펙으로 되는 직업이 아니다.

그때 당시만 해도 내가 알기로는 고졸 출신으로 승무원에 합격한 케이스는 내가 유일했다고 알고 있다. 이 뜻은 10여 년 전에도 스펙의 중요성은 지금과 거의 비슷했다는 말일 것이다.

그렇다면 스펙도 없고 면접 준비도 오래 하지 않은 내가 합격한 이유가 궁금할 것이다.

이유는 간단하다. 나는 승무원이 스펙으로 되는 직업이라고 생각하지 않았기 때문이다. 그래서 오히려 자신 있었고 내가 가진 경험들로 충분히 가능성이 있다고 생각했다.

나는 면접을 보기 전 각종 사회생활과 뉴질랜드에서 일하면서 스펙이 아닌 실질적인 경험을 쌓으면서 치열하게 나의 미래를 준비하고 있었다. 면접 당시 나는 이 부분들을 많이 어필하고 강조했다. 반면 다른 친구들은 일 경험보다는 높은 토익 점수와 대학교 졸업장과 높은 학점, 그리고 CPR이나 제2외국어 등 각종 자격증을 가지고 있었고 그런 점을 어필했다. 하지만 에미레이트 항공은 스펙이 많은 그들이 아닌 사회 경험이 많은 나를 선택했다.

당신은 여전히 걱정을 할 것이다. 토익점수가 낮아 지난 면접에 떨어진 것 같고, 영어를 원어민처럼 못해서 떨어진 것 같고 자격증이 없어 떨어진 것 같기에. 그래서 오늘도 실전 경험을 통한 실력을 키우는 대신 각종 학원으로 향하는 자신을 발견하게 될지도 모른다.

나는 그런 친구들에게 이런 이야기를 들려주고 싶다.

내가 멘토링을 해서 승무원에 합격한 친구들을 보면 어느 대학 출신인지, 얼마나 수준 높은 언어를 구사하는지, 토익 점수는 얼마인지 등은 정말 중요하지 않다는 것을 알 수 있다. 지방대 출신에 영어를 아주 유창하게 하지는 못했던 친구들이 오히려 좋은 대학을 나오고 심지어 외국에서 대학을 나온 친구들보다 실제 승무원 합격 비율이 높았다. 이처럼 승무원 면접에서 합격하고 비행을 하고 있는 내 제자들의 80% 이상이 나처럼 지극히 평범한 스펙을 가지고 있다.

스펙이 중요한 요소가 아니라는 것은 외국 승무원들을 통해서도 볼 수 있다.

나는 종종 함께 비행하는 외국 승무원들에게 그들의 전직이나 스펙 등을 묻고는 한다.

그들의 전직은 정말 다양하다. 학생, 베이비시터, 선생님, 식당 종업원부터 경찰, 군인, 엔지니어, 회계사, 레지던트까지 다양한 직업군의 사람들이 모여 있는 곳이 바로 여기다. 학력 또한 내가 함께 비행한 30~40% 정도는 고졸 출신들이다. 그들은 고등학교 졸업 후 바로 생활전선에 뛰어들었고 승무원이라는 직업을 택했다.

아주 솔직히 이야기하면 외국 면접관이나 외항사는 유럽의 명문대, 서울의 명문대가 어디인지도 모르고 관심도 없다. 이처럼 승무원은 전직으로 평가받지도 학력으로 평가받지도 않는다. 순수하게 그 사람 자체와 그 사람의 업무능력으로만 평가받는 것이다. 그래서 승진도 스펙과는 전혀 무관하다. 내가 업무능력이 뛰어나다면 그것으로 평가받고 승진이 된다. 얼마나 멋진가?

그렇다고 좋은 학력을 가지거나 스펙이 높은 사람은 무조건 불합격한다는 것이 아니다. 위에 잠깐 언급했듯이 우리 항공사 승무원 중에는 전직 레지던트도 있고 변호사도 있다. 또한 대학에서 강의하던 친구들도 있고, 4~5개국의 언어를 자유롭게 구사하는 친구들도 많다. 내가 강조하고자 하는 것은 이들이 가지고 있는 스펙으로만 합격한 것은 아니라는 사실이다.

이들과 함께 비행을 하다 보면 대부분은 역시 일도 잘하고 성격도 좋고 다른 이들과 잘 어울리는 등 그들만의 매력이 있다는 것을 쉽게 알게 된다.

나는 자기계발을 하는 것을 굉장히 중요시 여기고 또 스스로도 즐겨 한다. 하지만 승무원이 되기 위한 전제 조건으로 스펙을 쌓기 위해서만 자격증이나 어학 공부를 하는 것은 바람직한 방향이 아니라는 말을 하고 싶다.

예를 들어, 제2외국어로 일본어를 공부한다고 가정해보자. 스펙을 위해서 준비하는 친구들은 대부분 일본어 회화능력이 아닌 JPT나 JLPT의 점수를 올리기 위한 공부를 한다. 하지만 실제 승무원으로 일하면서 필요한 것은 시험 점수가 아닌 해당 언어의 의사소통능력이다. 즉, 공부를 하더라고 점수를 높이기 위한 공부가 아닌 의사소통을 위한 공부를 하라는 말이다. 지원자가 제2외국어를 자유롭게 구사한다면 이는 분명 면접 시 플러스 요인이 될 수 있기 때문이다.

승무원은 사람을 대하는 직업이다. 그렇기에 책이 아닌 현실 경험이 많고 상황대처능력이 뛰어난 사람을 선호한다. 또한 남들과 잘 어울리고 잘 다루는, 즉 태도가 좋은 사람을 찾는 것은 어찌 보면 당연한 것일 것이다. 이런 면에서 다른 언어를 잘 구사하는 능력이 있다면 분명 이 점은 긍정적으로 받아들여진다. 왜냐하면 그 나라 사람들과 의사소통이 가능하기에 그들이 원하는 것을 잘 파악할 수 있고 그들을 조금 더 편안하게 해

줄 수 있기 때문이다.

어떤 특정 직업군은 분명 고스펙이 요구되어진다. 그 업무의 특성에 맞는 자격증 등이 필수 요소가 되기 때문이다. 하지만 사람을 대하는 직업에 있어 가장 중요한 자질은 결코 자격증이나 스펙으로 만들어지지 않는다.

믿어라! 자신의 경험과 자질을. 그 믿음으로 승부수를 띄운다면 당신 또한 승무원이 될 수 있다.

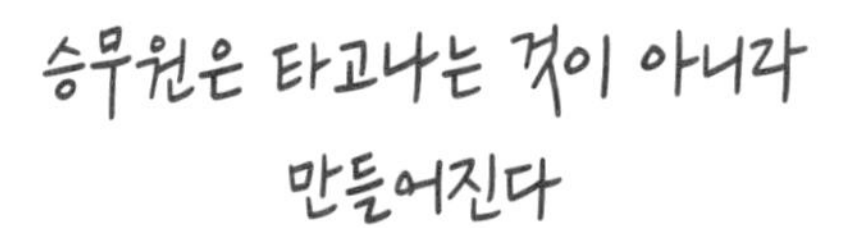

"선생님, 전 승무원 될 자질이 없나 봐요."

종종 면접에서 떨어진 친구들이 속상한 마음에 나에게 와서 이런 이야기를 하며 펑펑 울기도 한다. 면접에서 불합격 소식을 들은 친구들은 감정적으로 상처를 받았고 속상한 마음에 이런 이야기를 한다는 걸 알기에 위로를 건넨다. 하지만 종종 어떤 친구들은 면접을 준비하다 합격한 친구나 지인의 이야기를 들으면 금세 우울해지면서 똑같은 이야기를 한다.

그럴 때마다 나는 헷갈린다. 정말 그들이 그렇게 생각하는 것일까? 정말 본인이 자질이 없다고 생각한다면 준비를 여기서 멈춰야 하는 것이 아닐까?

면접에서 연달아 떨어진다고, 단 한 번도 면접에 합격한 적이 없다고, 준비한지 얼마 되지 않은 친구는 한 번에 합격했는데 본인은 2~3년이 넘게 준비하고 있는데도 합격하지 못한다고 스스로 자질이 없다고 평가한다. 정말 이런 이유만으로 승무원이 될 자질이 없다고 확고하게 말할 수 있을까?

나는 이렇게 생각하는 친구들에게 이런 질문을 하곤 한다.

"넌 승무원의 자질이 뭐라고 생각하니?"

그러면 그 친구들은 자신들이 생각하고 공부한 승무원의 많은 자질들을 거침없이 쏟아낸다. 그러면 내가 묻는다. "그럼 넌 지금 네가 언급한 자질들을 하나도 갖추고 있지 않다는 거니?" 그러면 당연히 그들은 "아니요, 일부는 있죠"라며 수줍게 대답한다.

그 순간을 놓치지 않고 묻는다.

"그럼 승무원이 된 친구들이나 오랫동안 승무원으로 일하고 있는 사람들이 네가 언급한 자질을 모두 완벽하게 갖추고 있다고 생각하니?"

이 질문에 그들은 쉽게 대답하지 못하고 이내 생각에 잠긴다.

세상에 완벽한 사람은 절대 없다. 즉, 완벽한 승무원은 없다. 웃기지

▲ 비행 중 외국에서 산책 중인 저자
◀ 에미레이트 항공기 기내에서 한 컷

않은가? 완벽한 승무원의 자질을 갖춘 사람? 난 10년째 승무원으로 일하고 있지만 단 한 번도 내가 완벽한 승무원이라고 생각해 본 적도, 완벽한 승무원을 본 적도 없다.

승무원을 떠나 우리가 위대하고 숭고한 일을 많이 하고 칭송받아 마땅한 마더 테레사 수녀도 완벽하다고 할 수 없을 것이다.

나는 10년을 승무원으로 일하고 있지만 실수도 하고 다양한 경험들을 통해 모르던 부분도 새롭게 알게 된다. 이렇게 배우는 재미가 있기에 어쩌면 10년을 잘 버티고 있는지도 모른다.

어떤 친구들은 승무원 면접에 합격하고 나면 자신을 승무원의 자질을 완벽하게 갖춘 사람, 혹은 승무원이 되기 위해서 태어난 사람으로 평가한다. 이렇게 자신을 평가하는 아이들을 보면 기가 찬다. 그리고 승무원 면접에 낙방한 친구들은 합격한 친구들을 부러움의 시선으로 보면서 그들과 반대의 생각을 한다.

"나는 승무원이 될 자질이 없나 봐", "난 결국 승무원이 될 수 없을 거야"라는 말들로 스스로를 더 아프게 한다.

면접은 지원자와의 대화를 통해서 해당 지원자가 우리 직무에 어울리는지를 평가하는 자리이다. 하지만 여기서 지원자가 쉽게 간과하는 부분이 있다. 면접은 완벽한 자질을 평가하는 자리가 아니라 지원자의 가능성과 잠재력을 평가하는 자리라는 것이다.

면접을 보는 면접관도 완벽하지 않은데 과연 면접관이 완벽한 승무원의 모습을 한 친구들을 찾고 있겠는가?

그럼 이렇게 반문하는 친구들도 있을 것이다.

"그렇다면 왜 5년 넘게 면접관님이 저의 가능성을 단 한 번도 봐주지 않은 거죠?"

이 물음에 나는 이렇게 되묻고 싶다. 스스로가 면접에 어떤 모습으로 임했는지를.

면접은 긴장되는 자리이다. 그러다 보니 종종 머릿속이 하얘지거나 내가 아닌 다른 이가 되어 이상한 이야기들을 하거나 행동을 한다. 질문의 의도를 파악하지 못하고 동문서답을 하는 경우도 허다하다.

내 가능성을 보여주고 싶다면 면접에서 나를 잘 어필해야 할 것이다. 즉, 면접관이 당신이 가능성이 없기에 보지 못한 것이 아니라 본인이 면접관에게 잘 어필을 하지 못한 것이다.

면접은 스킬이다. 그리고 스킬은 누구나 배우고 향상시킬 수 있다. 향상된 면접 스킬로 당당하게 합격을 하고 나면 이제 본격적인 승무원의 길에 발을 내딛은 셈이다.

승무원은 타고나는 것이 아니라 만들어지는 것이다. 승무원 면접에 합격하면 바로 비행을 하는 것이 아니라 7주간의 비행 관련 교육을 받는다. 교육은 안전 교육부터 응급상황대처 교육 그리고 서비스 교육에 이른다. 일련의 교육 과정과 시험을 통과하고 나면 비행을 할 수 있는 자격증이 주어지고 비로소 승무원으로서 비행을 시작하게 된다.

교육 과정 안에서 부족한 자질들은 채우고 가지고 있는 자질은 더 향상시키면 된다. 그 이후에는 비행을 통한 실전 경험을 통해 부딪치면서 직접 느끼고 배우게 된다. 그렇게 조금씩 승무원의 모습이 되어가는 것이다.

난 서비스하는 것이 좋았다. 이 자질 하나를 잘 어필해서 면접관에게 승무원으로서의 내 가능성을 보게 했다. 그 뒤 승무원이 되어서 다양한 경험을 통해서 리더십, 의사소통능력, 문제해결능력, 응급처치기술, 인내심 등등 많은 영역을 향상시킬 수 있었다.

10년 차 승무원인 나는 완벽한 승무원이 아니다. 그저 승무원으로서 하루하루 배우고 발전해나가는 것을 즐길 뿐이다.

아직도 당신은 승무원은 타고나야 된다고 생각하는가? 이런 생각들 때문에 위축되고 포기하고 싶어지는가? 그렇다면 그건 당신이 진정 자질이 없는 것이 아니고 안 되는 이유와 변명을 찾고 있기 때문일 것이다.

승무원은 누구나 다 될 수 있다. 이 세상에 승무원의 자질을 타고난 사람은 없다.

✈

에미레이트 항공 비행 서비스 중 동료들과 함께

당신 안에 있는 단 하나의 자질을 믿고 최선의 노력으로 도전한다면 누구나 승무원이 될 수 있다. 그리고 회사가 교육을 통해 당신을 멋진 승무원의 모습으로 탈바꿈시켜 줄 것이다.

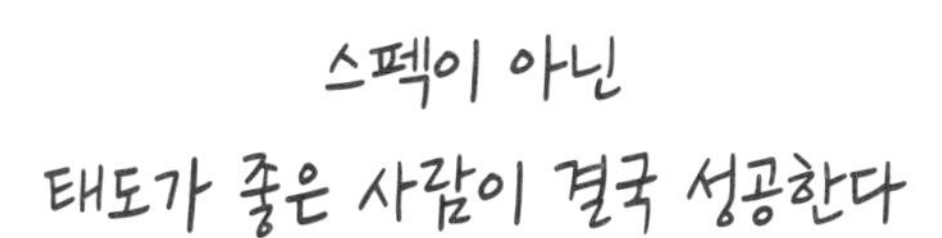

스펙이 아닌 태도가 좋은 사람이 결국 성공한다

승무원 영어면접 강의를 7년 넘게 하면서 많은 친구들과 함께했고 다양한 경험을 겪고 느꼈다. 처음 시작은 거의 다 비슷하다. 의지도 있고 투지도 있다. 노력도 보인다. 하지만 이내 그들의 성공과 실패가 갈린다.

나는 쓴소리를 잘하는 걸로 유명하다. 내가 그들보다 뭐가 엄청 잘나거나 대단해서 쓴소리를 하는 것이 아니다. 내가 쓴소리를 하는 이유는 단 하나이다. 나는 제자들과 함께 오래 오래 함께 좋은 관계만을 유지하면서 결과를 보지 못한 채 곁에 두고 싶지 않다. 하루라도 빨리 그들이 원하는 승무원이라는 꿈을 이루게 해주고 싶기 때문이다.

그러다 보니 자연스럽게 칭찬을 할 이유가 없다면 억지 칭찬은 하지 않는다. 다만 작은 노력을 보이거나 작은 변화를 보면 당사자가 별거 아니라고 생각하는 것에도 칭찬을 아끼지 않는다. 작은 노력과 변화야 말로 칭찬받아 마땅한 것들이기 때문이다.

또한 나는 인성과 태도를 많이 강조한다. 본인 스스로에게, 같이 공부하는 친구들에게, 자신을 가르치는 선생님에게 그리고 면접장에서 만나는 다른 이들에게, 마지막으로 면접관에게 예의를 다하고 면접 준비를 시작했다면 긍정과 노력의 자세로 최선을 다하는 것은 기본 중에 기본이라고 믿는다.

하지만 그런 기본을 욕심 때문에 저버리는 친구들을 많이 만났다. 그런 친구들이 좋은 결과를 얻지 못하는 건 어찌 보면 당연하다고 생각한다. 물론 그런 친구들 중에 면접관에게 잘 보여서 합격한 사람도 있지만 말이다.

'잘되면 내 탓, 잘못되면 남 탓'으로 부정적인 자세로 일관하는 친구들이 있다. 이런 친구들은 열심히 노력을 하기는 한다. 하지만 결과라는 것은 그 누구도 모른다. 면접을 보고 불합격의 결과가 나올 경우, 면접관을 탓하거나 다른 면접자, 또는 상황을 탓한다.

예를 들어, '면접관이 키 큰 사람만 선호하더라, 눈 큰 사람만 선호하더라', '옆 면접자가 너무 불안해해서 나까지 불안해서 면접을 망쳤다', '누가 이렇게 하라고 해서 했는데 떨어졌다' 또는 준비한 내용에서 안 나왔다면서 자기의 부족함이 아니라는 식이다.

제일 최악의 경우는 회사를 탓한다. 이런 식으로 면접을 하려면 왜 뽑

으러 온 거냐면서 성토를 한다. 회사가 지원자 한 명 한 명에 맞춰서 그들이 원하는 대로 면접을 진행해야 하는 걸까? 또는 자신은 영어도 유창하게 구사하고 토익 점수도 높고 대학교도 좋은 곳을 나왔는데 어떻게 자신보다 모든 스펙 면에서 떨어지는 사람이 될 수 있냐며 볼멘소리를 한다.

승무원 면접은 그 사람의 스펙을 보는 것이 아닌 그 지원자라는 사람을 보는 자리이다. 그렇기에 스펙이 아닌 대화를 통해 지원자가 보여주는 태도와 인성으로 그 사람을 평가한다. 전에 말했듯이, 면접관은 같이 일할 동료, 승무원의 업무를 잘 처리할 사람, 손님에게 좋은 서비스를 제공할 사람을 찾으러 온 것이기 때문이다.

그렇게 그 회사의 면접 진행 방식이나 사람을 선택하는 기준이 자신의 마음에 안 든다면 다음부터는 면접을 보지 않으면 된다. 하지만 이런 친구들은 자기가 불평을 쏟아 놓은 항공사에서 다시 채용이 진행되면 또 지원서를 쓴다.

이런 경우도 있다. 아는 친구가 합격을 했는데 억울하다는 것이다. 그래서 물었다. "너는 그 친구보다 네가 낫다고 생각하니?" 그랬더니 기다렸다는 듯이 "네, 제가 그 친구보다 훨씬 노력했고 더 괜찮은데 억울해요" 라고 말했다. 그 친구의 말을 듣고 나는 할 말을 잃었다.

나의 노력이 그 누구의 노력보다 더 값지다고, 내가 너보다 낫다고 감히 말할 수 있는 사람이 있을까?

이렇게 남 탓하기 또는 억울해하는 자세를 가진 친구들은 자신의 경험으로부터 배울 수 없기 때문에 성장하는데 한계가 있다. 또한 남을 견제하고 남의 성취를 폄하하는 부정적인 자세로 인해서 면접에서도 성공할 수 없는 것이다.

반면 같은 상황에서 불합격을 경험하고 다른 자세를 보이는 친구들이 있다. 아쉬워하지만 상황이나 남을 탓하기 보다는 자신의 부족했던 점을 파악하고 긍정적인 자세로 다음을 기약한다.

마카오 항공에 최고령으로 합격한 P라는 제자가 있다. 처음 나에게 왔을 때, 에미레이트 항공 최종 면접을 보고 몇 달이 지나도록 아무 결과를 받지 못하는 상황이었다. 대부분 이런 상황에는 항공사에 폭탄 메일을 보내며 결과를 재촉하거나, 어떤 결과도 알려주지 않는 항공사를 원망하며 시간을 보낸다.

그런데 P는 달랐다. 그 친구는 마음을 털고 나에게 왔다. 두 통의 문의 메일에도 아무 연락을 못 받은 데는 이유가 있다고 생각하고 처음부터 다시 제대로 준비하고 싶다고 했다.

보통 나는 최종 면접을 보고 온 친구들을 제자로 받는 걸 좋아하지 않는다. 이유는 어느 항공사 최종 면접을 한 번 보고 온 친구들은 '자신은 최종 면접을 본 사람'이라는 이상한 자신감을 가지고 있기 때문이다. 물론 그들 중에는 피드백을 통해서 자신의 부족했던 점을 파악하고 발전하려고 하는 이들도 있지만, 대부분은 최종 면접까지 본 자신이 왜 이런 피드백을 들어야 하는지 모르겠다는 태도를 보인다. 그러니 아무리 도움이 되는 피드백을 준다 한들 무슨 소용이 있겠는가?

반면 P는 어떤 피드백이든 겸손함과 감사함으로 받아들이고 배우기 위해서 최선의 노력을 다했다. 면접을 보고 낙방하고 오면 원망이나 좌절 대신 "제가 아직 부족한가 봐요. 더 열심히 할게요!" 하면서 다시 고삐를 당기면서 노력했다.

그뿐만 아니라, 합격한 다른 친구들에 대한 평가도 다르다.

"선생님께서 말씀하신 것처럼 ㅇㅇ이는 ㅇㅇ하니까 면접관이 좋아하시더라고요"라는 식으로 다른 지원자가 보여준 모습을 긍정적으로 평가하고 타산지석으로 삼아 자신도 더 노력해서 발전하려고 했다.

개인적으로도 그런 아이들을 보면 꼭 승무원이 되었으면 한다. 그래서 나는 더 열정적으로 그들에게 정성과 노력을 쏟는다. 다른 순선환인 것이다. 그들의 노력은 나를 더 노력하게 하고, 내가 최선을 다해 가르치는 것을 보는 아이들은 자신들이 더 최선을 다하려고 한다.

좋은 인성과 태도로 노력하던 P는 마카오 항공 최고 연장자로 당당하게 합격하게 되었다.

이렇게 태도가 좋은 친구들이 잘 배워서 성장하고 있고, 더 나아가 합격이라는 좋은 소식도 들려준다. 거기에 멈추지 않고 그들은 승무원이 되어서도 회사에서 인정받아 승진도 빠르고 다른 이에게도 많은 사랑과 칭찬을 받는다.

다양한 방면에서도 좋은 성과를 보인다. 그런 좋은 소식을 들을 때마다 나는 나의 일인 양 행복하다. 반면 좋은 인성과 태도를 보이지 않음에도 승무원이 된 친구들이 긍정적이지 않은 평판으로 소식이 들리는 건 우연의 일치는 아닐 것이다.

인생은 결코 혼자 사는 삶이 아니다. 남과 더불어 살아가는 것이다. 개인주의를 넘어 이기적인 마음으로 나 혼자 잘살고자 하는 사람 역시 자기 안에서 잘살 수 있다. 하지만 그 이상의 성공은 이루기 힘들 것이다.

기내에서 항공 동료들과 함께

스펙을 넘어
인생의 성공을 디자인하라

나는 대학을 다니면서 각종 아르바이트를 했다. 그리고 휴학을 결정한 뒤에는 호텔에 정식 취직해서 일을 하다가 무작정 뉴질랜드로 떠났다. 특별히 잘하는 것도 없었고 스펙이라고 내세울 만한 것도 없었기에 경험이라도 많이 해보고자 하는 마음이었다.

여러 일과 다양한 경험을 통해 사회 경험을 쌓을 수 있었고 세상을 살아가는 법을 배웠다. 그러면서 자연스럽게 가장 쉽게 접할 수 있는 서비스 업종에 발을 내딛었다. 손님들에게 미소와 친절함으로 대하고 난 뒤 손님들이 보여주는 감사함에 행복감과 함께 존재감을 느꼈다. 고객 만족은 자연스럽게 내 일에 대한 좋은 평가로 돌아왔다.

다른 무엇이 아닌 나라는 사람 자체로 평가받고 인정받는 것 같아서 서비스 업종에서 일하는 것이 마냥 좋았다.

나는 성적이나 토익 점수를 올렸을 때 느껴지는 기쁨보다 일을 하면서 고객이나 동료에게 받는 칭찬과 격려에서 더 큰 보람과 기쁨을 느낄 수 있었다. 그래서 나는 내가 가는 길이 좋았기에 포기하고 싶지 않았다.

그렇게 남들이 토익 점수에 열을 올리고 있을 때, 나는 현장에서 부딪히면서 실전 영어 실력을 키워갔다. 승무원 준비생들이 면접 경험을 쌓고 있을 때 나는 사회 경험과 감각을 쌓으면서 나만의 스토리 스펙을 올리고 있었다.

'뭐든지 열심히 해놓으면 언젠가는 도움이 된다.'

나는 이 말을 늘 스스로 되새기면서 내 눈앞에 닥친 일은 뭐든 열심히 하려고 노력했다. 호텔에서 일할 때도, 커피숍에서 아르바이트를 할 때도, 비서로 일할 때도 나는 늘 배움의 자세로 최선을 다해 내 실수와 경험에서 배우고자 했다. 또한 뉴질랜드에서 '디시워셔'라는 접시 닦기 일이 주어졌을 때도 '남자도 힘들다고 하는 일을 어떻게 해!'라고 포기하는 대신 무조건 열심히 했다.

이렇게 내가 현실을 살아가면서 쌓은 경험들은 내가 승무원이 될 수 있는 결정적인 기회를 제공해주었다. 에미레이트 항공 면접 당시 면접관이 물어보는 질문에 현실적이면서 진솔한 답변으로 대화를 할 수 있었다. 부족한 스펙에 주눅들기보다는 내가 걸어가는 길에 대한 믿음과 당당함으로 면접에 임할 수 있었다.

나는 노력으로 기회를 스스로 만들었고 기회가 왔을 때 놓치지 않았다. 그리고 '고졸 출신 승무원'이라는 타이틀을 얻게 되었다.

이 타이틀은 나에게 많은 것을 시사한다.

'내 선택과 노력에 대한 보상. 세상의 부정적인 시선에 대한 승리. 스펙 위주의 세상에 대한 펀치 한 방. 나를 비웃던 사람들에 대한 통쾌한 복수'.

그렇기에 나는 '고졸 출신 승무원'이라는 타이틀이 자랑스럽다.

인생의 성공이 다른 이들에 의해 정해져서는 안 된다. 내 의지로 스스로 정하, 정했다면 최선의 노력을 다해 열심히 걸어가야 한다. 주변의 소리가 아닌 내면의 소리에 귀를 기울이고 더 세심하게 신경 써야 한다.

나는 '학교를 졸업하지 말아라. 자격증을 따지 말아라. 토익은 공부할 필요가 없다'라고 말하는 것이 아니다. 오히려 그 반대이다. 내가 가고자 하는 길에 필요하다면 전투적으로 공부하고 노력해서 얻으라는 것이다. 다만 목적의식 없이 무조건적인 스펙 올리기에 열중하지 말고 스스로 어떤 인생을 살고 싶은지 들여다보라는 것이다. 어떤 길이든 가고자 하는 길을 정했다면 집중과 노력으로 자신이 정한 길로 매진하라.

나는 20대 초부터 남들과는 조금 다른 길을 걷기 시작했다. 잘 다니던 대학교를 휴학하고, 취업 전선에 뛰어들었다. 여러 시행착오를 겪으면서 이런 저런 다양한 일을 했다. 그러다 홀연히 뉴질랜드로 떠났다. 뉴질랜드에서 일할 수 있는 워크 비자를 취득하고 불과 반년 만에 승무원이 되어 두바이로 떠났다.

그 뒤 결혼과 출산 그리고 이혼을 겪었다. 자식에 대한 사랑과 책임감은 나도 모르던 나를 일깨워 주었고, 좌절과 포기 대신 열정과 원대한 목표로 세상을 맞이하기 시작했다. 다시 승무원이 되어 부단한 노력으로 3년 만에 부사무장으로 승진을 하였다. 그리고 영어면접을 가르치면서 얻은 팁과 재능을 나누기 위해 《승무원 영어면접 스킬》이라는 책을 출간했다. 작가가 된 순간이다.

이 모든 것들이 나의 선택이었고 내가 한 선택에 대한 책임을 지기 위해 난 늘 집중하고 노력했다. 나의 이런 선택들을 주변에서는 걱정의 시선으로 때로는 부정적인 시선으로 바라봤다. 하지만 그들의 시선보다 나의 선택에 집중했다. 스펙을 넘어 나의 삶을 멋지게 디자인하기로 결정하고 15년을 열심히 살다 보니 생각도 못한 황금 같은 기회들이 오기 시작했다. 나의 역량 또한 성장을 반복했다.

이런 나를 보고 주변 사람들은 성공했다는 표현을 쓴다. 하지만 나는 아직도 갈 길이 멀다. 나는 늘 새로운 성공을 디자인하고 있다.

동기부여코치이자 강연가이며, 라디오 프로그램 진행과 TV 토크쇼 진행자, 이것이 지금 내가 새롭게 디자인한 성공이다. 스펙을 넘어 비상하고 있는 나의 이야기로 많은 이들에게 '내가 하면 당신들도 할 수 있다'는 것을 알려주고 싶다. 그렇게 그들에게 새로운 프레임의 인생 성공을 디자인시켜 주는 것이 지금 내가 가진 소명이자 미래이다.

✈

3

오늘은 파리에서 Brunch,
내일은 런던에서 Dinner

전 세계를 내 집 드나들 듯이 누비는 직업, 승무원. 파리, 런던, 뮌헨, 취리히, 아테네, 로마 등 꿈에 그리던 명소에 가서 사진도 찍고 그 나라 사람들의 삶을 보고 느끼면서 몸소 체험할 수 있는 직업. 이렇게 전 세계를 돌아다니면서 다양하고 새로운 문화를 직접 접하고 즐기면서, 다양한 일상의 루틴을 만들 수 있는 직업은 승무원밖에 없을 것이다.

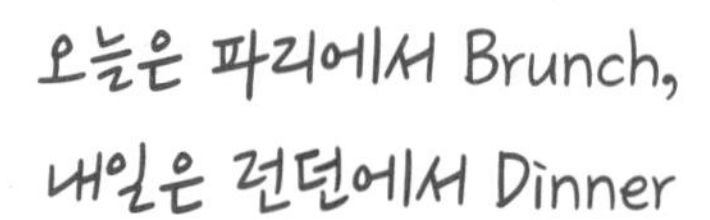

오늘은 파리에서 Brunch, 내일은 런던에서 Dinner

"선생님, 전 선생님이 어디 계시는지가 제일 궁금해요."

내가 멘토링을 하는 친구들에게 자주 듣는 말이다. 카톡으로 안부를 묻을 때도, 만나서 이야기를 할 때도 '내가 어디 있는지 또는 어디 갔다 왔는지'에 대한 질문을 자주 한다. 어제는 독일에 있었고 내일은 쿠알라룸프르에 간다고 하면 "와우, 선생님 너무 좋으시겠어요. 부러워요" 하는 반응을 보인다. 어떤 친구들은 나보고 '늘 동에 번쩍 서에 번쩍한다'고 대단하고 멋지다면서 치켜세워준다.

실상은 비행으로 일하러 가는 거라 그들이 생각하는 것처럼 마냥 좋은 것은 아니다. 밤을 꼬박 새고 손님들에게 서비스를 하고 밀려드는 불평, 불만을 해결하고 응급상황에 대처하다 보면 몸과 마음은 피곤할 때로 피

비행 중 외국 체류 시 들르는 노천카페

곤해진다. 그 상태로 호텔에 도착하면 밥 먹을 기운도 없어 바로 잠자리에 들기 일쑤이다. 조금 편한 비행을 하고 왔다고 해도 이제 10년 차 승무원으로 일하다 보니 그 나라에 가서 관광하러 나가기보다는 호텔에서 쉬거나 근처를 돌아다니는 걸로 대신한다. 보통은 장을 보러 슈퍼마켓에 자주 간다. 몇 시간 뒤 다시 비행, 즉 일을 하면서 돌아가야 함을 알기에 마냥 편하지만은 않다.

그렇지만 그들이 왜 그런 반응을 보이는지 알기에 그런 질문들을 하는 친구들이 난 귀엽다. 그리고 이런 그들의 반응을 보면서 내가 처음 승무원이 되었을 때가 생각나고, 내가 누군가에게 동경이 되고 선망이 되는 직업을 갖고 일할 수 있음에 감사함을 느낀다.

전 세계를 내 집 드나들 듯이 누비는 직업, 승무원.

이것이 승무원이라는 직업이 가지고 있는 가장 큰 매력일 것이다. 어린 시절, 승무원이 꿈이 아니었던 나조차도 이런 점이 매력이라고 생각했으니 말이다.

내가 처음 승무원이 되고 나서 파리와 런던 비행이 연달아 나온 적이 있다. 파리에 도착해서 한숨 자고 나서 다음날 호텔 근교에 나가 카페에서 아점이라고 하는 Brunch를 먹고 들어왔다. 같은 날 늦은 오후에 두바이에 돌아가 쉬고 바로 다음 날 런던행 비행기에 몸을 실었다. 런던에 도착한 나는 같이 비행한 승무원들과 함께 나가 런던 시내를 구경하고 저녁을 먹고 다시 호텔 방으로 들어와 잠을 청했다.

비행을 시작한 지 얼마 되지 않은 나는 이렇게 어제까지만 해도 파리에서 커피와 함께 Brunch*브런치, 아침 겸 점심식사*을 즐기고 다음날 런던에서 와인과 함께 Dinner*디너, 저녁식사*를 즐길 수 있는 현실이 너무 신기했다. 내가 마치 영화 속의 주인공이 된 듯, 괜스레 기분이 묘하게 좋아졌다.

파리, 런던, 뮌헨, 취리히, 아테네, 로마 등 꿈에 그리던 명소 등에 가서

한가하고 정갈한 브런치

사진도 찍고 길거리를 걸으며 그 나라 사람들의 삶을 보고 느끼면서 직접 몸소 모든 걸 체험할 수 있다니, 그것도 비행기 값이나 호텔 값 하나도 들지 않고 말이다.

워킹홀리데이로 간 뉴질랜드가 나에게 있어서는 생애 첫 해외경험이었다. 뉴질랜드에서는 여행이라는 개념보다는 삶이라는 개념으로 지냈기에 해외여행에 대한 동경은 있었지만 좋아한다고 말할 수 있는 여지도 계기도 없었다. 그런 나의 평범했던 삶에 승무원은 내가 지난 25년간 경험해보지 못한 멋지면서도 신기한 삶의 방식을 심어주고 있었다.

로마의 길거리를 걸으며 고전 문화가 살아있는 건축 양식에 눈이 하염없이 돌아가면 "와우"를 연발하면서, 〈로마의 휴일〉에서 오드리 헵번이 스페인 광장에서 아이스크림을 먹으며 앉아 있던 계단에 앉아 아이스크림을 먹고 그녀처럼 트레비 분수에 소원을 빌고 동전을 던져 놓던 그 순간의 행복.

그때의 그 기억과 느낌들은 아직도 내 머릿속과 가슴속에 고스란히 살아있다.

남들이 일 년에 한 번도 가기 힘들 수 있는 곳들을 비행으로 한 달에 몇 번씩 가거나, 여러 곳을 갈 수 있다니 얼마나 매력적인가?

나도 그 매력에 푹 빠져 처음 비행을 시작한 일 년 동안은 어디를 가든지 나갔었다. 그 나라에 도착하자마자 다른 승무원들과 일정을 맞추고 바로 관광객 모드가 되어 유명한 곳은 꼭 갔다. 피곤함도 잊은 채로, 나가서 사진도 찍고 맛있는 것도 먹고 "와우"를 연발하면서 충실한 관광객이 되었다. 가는 곳마다 인증샷으로 남기는 것은 한국인이나 외국인이나 다 똑같다. 우리는 그곳의 추억을 남기기 위해 많은 사진들을 찍어 댔다. 그때 찍은 그 사진들을 보면 아무리 시간이 흘러도 그때 느꼈던 감정이나 추억들이 고스란히 소환되어 나를 미소 짓게 한다.

10년이 지난 지금은 조금 다른 승무원의 삶을 즐기고 있다.

직위가 오르면서 일에 책임감도 커지다 보니 돌아오는 비행에서 좋은 컨디션을 유지하기 위해서 푹 쉬는 걸 선호하게 되었다. 또한 같은 곳으로 자주 비행을 가다 보니 아무리 명소라고 해도 또 가지 않게 된다. 보통 머무르는 시간의 제약으로 새로운 곳을 갈 시도를 하기 힘들다. 대신 호텔에서 쉬면서 책을 읽거나 원고 작업을 하고, 가끔은 호텔 주변을 산책하거나 비행에서 돌아와서 먹을 것을 위해서 장을 보러 다닌다.

자주 가는 곳은 나름의 패턴이 만들어졌다. 자주 가는 카페나 레스토랑이 생기다 보니 나를 알아봐 주는 직원들까지 생겼다. 자주 가다 오랜만에 가면 "오랜만에 오시네요" 하면서 미소로 나를 알아봐 준다. 그 나라에 거주하는 것도 아닌데 나를 알아봐 주고 기억해주는 사람이 있다는 사실에 기분이 묘하게 좋아진다.

이렇게 전 세계를 돌아다니면서 다양하고 새로운 문화를 직접 접하고 즐기면서, 다양한 일상의 루틴을 만들 수 있는 직업은 승무원밖에 없을 것이다.

✈

오늘은 한국에서 가족들과 저녁식사를 즐기고, 내일은 아부다비를 거쳐 미국에서 쇼핑을 즐기는 삶. 우유와 요거트는 독일과 호주에서, 과일은 방콕에서 사오는 삶. 지금도 내 냉장고 안에는 한국에서 가져온 과일과 독일에서 사 온 주스와 요거트, 그리고 방에는 호주에서 사온 와인과 영양제들이 가득하다.

이런 승무원 삶의 가장 큰 매력은 그 나라에 가서 쉬는 시간에도 일정 수당을 받는 것이다. 월급 받으면서 세계 여러 나라를 제 집 드나들 듯이 오가며 즐길 수 있는 직업, 이제는 어느덧 일상이 된 듯 하면서도 늘 새롭고 멋진 생활과 일상을 즐길 수 있음에 나는 여전히 감사하고 또 행복하다.

첫 맨체스터 비행에서 "I beg your pardon"만 5번 반복하다

승무원은 보통 매달 말일 경에 로스터라고 불리는 스케줄이 나온다. 그 스케줄에 맞춰서 비행을 가고 쉬기도 한다. 이제 막 비행을 시작한 초초 주니어였던 나는 맨체스터 비행을 간다는 사실에 너무 떨렸다. 영어를 그냥 좋아하던 나는 영국이라는 나라에 나름의 환상이 있었기 때문이다.

비행 전날 영국에 가서 입을 옷과 샤워 도구 등의 짐을 쌓고 떨리지만 부푼 마음을 안고 잠을 청했다. 드디어 맨체스터로 떠나는 날. 들뜬 마음으로 화장을 하고 유니폼을 입고 집을 나섰다. 무사히 브리핑을 끝냈다.

초 주니어들의 최대 난관은 브리핑이다. 왜냐하면 브리핑을 하면서 각종 응급상황에 대한 대처 방법이나 비행기 기종이나 상황에 대한 질문에 구두로 대답을 해야 하기 때문이다. 지금은 구두로 하는 대신 키오스라고 불리는 기계를 통해서 비행 체크인을 하는데 키오스가 2가지의 질문을 주면 답을 선택하면 된다.

최대 난관을 지나고 나니 비행을 가는 발걸음이 더 가벼워졌다. 비행기에 올라 손님 맞을 준비 등으로 분주하게 보냈다. 늘 정신없는 탑승을 마무리하고 비행기는 맨체스터를 향해 이륙했다. 이제 하늘에서의 승무원의 업무가 시작된 것이다. 기내 서비스를 제공하기 위해서 준비를 마치고 서비스를 시작했다. 앞 두 줄을 서비스하고 세 번째 줄에 앉은 손님들에게 음료를 제공하기 위해서 물었다.

"손님, 음료 어떤 걸로 준비해드릴까요?" 손님은 바로 나에게 태어나서 처음 들어보는 발음과 억양으로 무엇인가를 주문했다. 무엇을 말하는 건지 전혀 알아듣지 못했던 나는 살짝 당황하면서 손님에게 물었다.

"I beg your pardon?" 그리고 손님이 대답했다. 그리고 난 또 같은 질문을 했다. "다시 한 번 말씀해 주시겠어요?" 이렇게 나는 그 손님에게 'I beg your pardon'만 5번을 반복해서 물었다. 등에서는 식은땀이 흘렀다. 민망함에 얼굴은 붉어졌다. 5번의 'I beg your pardon' 뒤에 손님은 포기하신 듯 "됐어요"라고 대답했다.

순간 머릿속에서 두 가지 생각이 들었다. 손님이 됐다고 했으니 그냥 음료 서비스를 지나갈까 아니면 용기내서 다시 한 번 물어볼까. 나는 다시 묻기로 했다.

"손님, 제가 잘 알아듣지 못해 너무 죄송합니다. 괜찮으시면 스펠링을 불러주시겠어요? 너무 죄송합니다." 그랬더니 손님이 말했다. 'COKE' 그 손님이 원하던 음료는 콜라였다.

그 순간에는 민망함보다는 이제 알았다는 안도의 마음으로 환하게 웃으며 "아~콜라 말씀하신 거였군요" 하고 말했다. 그 뒤, 밀려오는 민망함에 "이 간단한 말도 못 알아듣다니 너무 죄송합니다. 제가 영국식 발음은 처음이라"라고 말하면서 멋쩍은 미소를 지었다.

처음 내가 5번을 못 알아듣고 있었을 때는 손님의 얼굴도 약간 상기되어 있었다. 내 짐작으로는 그 손님도 당황했으리라. 원어민인 영국인의 영어를, 그것도 초간단 단어이자 만국 공통 단어라고 할 수 있는 'Coke'를 못 알아들었으니 말이다.

내가 진심을 다해 사과를 드렸더니 손님이 오히려 얼굴 표정이 좋아지시더니 "괜찮아요, 영국 중 특히 맨체스터 발음은 다들 알아듣기 힘들어 해요. 영국인마저도 말이죠" 하면서 웃음으로 오히려 나를 격려해주었다.

그 손님과 간단하게 몇 마디를 더 나눈 뒤, 나는 다른 손님을 서비스하기 위해서 자리를 떠났다. 음료와 음식 서비스가 다 끝나고 나서 다시 생각해도 황당하기 짝이 없었다. 어떻게 그 간단한 단어를 알아듣지 못했던 것인지.

그리고 두 번째 서비스가 시작됐다. 내 구역에 있던 그 손님들에게 또 서비스하게 되었다. 그 손님을 보고 미소 지으며 가벼운 식사와 함께 음료를 제공하기 위해서 어떤 음료를 원하는지 물었다.

손님은 "Can I have a Coke, please?"라고 처음과 같은 대답을 했다. 근데 이번에는 신기하게도 'Coke' 발음이 명확하게 들리는 것이다.

웃으며 "콜라 말씀이시죠? 여기 있습니다" 하고 드렸더니, 손님이 웃으며 말했다. "이젠 맨체스터 발음 그렇게 어렵지 않죠?" 그러면서 나에게 이런 말을 해주었다.

"당신은 대단한 거랍니다. 저는 영국인으로 내 모국어인 영어 빼고 다른 언어는 하나도 구사하지 못하는데 당신은 한국어에 영어까지 구사하잖아요. 저는 다른 나라 언어를 배울 엄두도 내지 못했는데 말이죠. 당신은 저보다 훨씬 용감하고 대단하고 멋지답니다."

이 말에 어찌나 눈물이 나던지. 20대가 넘어 본격적으로 영어 공부를 시작하고 체계적으로 공부한 것이 아니고 서바이벌 식으로 실전에서 부딪히면서 배운 영어라 스스로 한계를 느끼고 있었다. 승무원이 되어서도 다른 사람에 비해서 내 영어 실력이 조금 부족함을 알고 있었다. 하지만 그 손님이 해준 말에 왠지 모르게 누군가 그간의 노력을 알아봐 준 것 같아서 순간 울컥했다. 그리고 동시에 '맞아! 이렇게 성장하기 위해 늘 노력하고 공부하고 있는 나는 대단한 거야!' 하는 생각을 하게 되었다.

지금의 나는 감히 영국 발음을 완전히 잘한다고 말할 수는 없지만 미국식 발음보다는 영국식 발음을 구사하는 편이다. 특별히 영국에 가서 공부하지는 않았다. 하지만 그 사건을 계기로 영국 발음이 더 좋아져서 일부러 영국 비행을 가려고 비행도 신청하고 영국 손님들하고 더 많은 대화를 하려고 했다. 이렇게 영국식 발음을 애정을 가지고 듣다 보니 맨체스터와 런던 발음은 이제 잘 알아듣게 되었고 그러다 보니 나 역시도 영국식 발음을 조금씩 구사하기 시작했다.

지금 생각해보면 5번을 못 알아듣고도 다시 물어볼 용기가 어디서 났던 건지 그때의 내가 참 신기하다. 어이없어 하며 됐다고 말하는 손님에게, 그것도 아주 간단한 단어도 못 알아듣고 민망함의 극에 달해 있던 그 상태에서 포기하지 않고 다시 물어볼 용기를 낸 내가 지금도 기특하다.

그때 내가 포기하고 "죄송합니다" 하고 그 자리를 떴다면 난 아마 영국식 영어에 대한 트라우마에 빠졌을 것이다. 안 그래도 트레이닝 기간에 영어 때문에 힘들어 하던 나였는데, 더 위축됐을지도 모른다. 의도적으로 영국 비행을 가거나 영국인들과 대화하려고 하기보다는 피하기 바빴을 것이다. 그랬다면 지금처럼 영어를 구사하기는 힘들었을 거라 생각한다.

다른 나라 언어를 배우는 데는 무모함이 필요하다. 남의 시선을 의식하고 내가 한 실수에 민감해하고 완벽하지 못함을 탓하기보다는 작은 배움에 감사하고 노력하며 때로는 무모하지만 용감하게 도전한다면 못 할 것이 없다. 순간 부끄러움은 잠시 고이 접어 저 멀리에 놓아두어야 한다.

나는 이런 무모함으로 부사무장도 도전해서 전 세계 각국의 승무원들을 이끌면서 비행을 하고 있을 뿐만 아니라 《승무원 영어면접 스킬》이라는 책도 내고, 팟캐스트라는 온라인 방송도 진행했다. 현재 또 다른 새로운 무모함을 장착하고 더 높이 비상하기 위해 준비 중이다.

고객이 내게 준 첫 감동의 감사인사

누군가가 나의 작은 호의에 감사인사를 건넬 때, 그 작은 감사 표현은 나를 상상 이상으로 기분 좋게 해주고 큰 보람과 행복감을 안겨준다.

10년 전 어느 영국 비행에서의 일을 난 아직도 생생하게 기억한다. 영국의 런던이었는지 맨체스터였는지 정확하게 기억나지는 않지만 두바이로 돌아오는 비행에서 일이었다. 첫 서비스를 하고 있었는데 시작한지 얼마 되지 않아 중간 줄에 앉아 계신 손님과 계속 눈이 마주치기 시작했다. 처음에는 조금 어색했지만 살포시 미소를 지으며 바라봐 주시는 손님에게 나도 미소로 응대했다.

얼마 뒤, 그 손님 포함 모든 손님에게 식사와 음료를 제공하고 다시 갤리*기내에서 음식을 준비하는 주방 같은 공간*로 돌아왔다. 모든 서비스를 마치고 카트 등을 갤리에서 정리하고 있었는데 아까 나를 쳐다보던 손님이 화장실 옆에 서 있었다. 처음에는 화장실을 이용하려나보다 했는데 계속 서 있길래 필요한 것이 있는지 물었다. 그냥 다리를 스트레칭하는 중이라며 웃으며 신경 쓰지 말라고 하신다. 그분의 미소에 나도 모르게 미소로 응대했다.

하던 일을 마무리하고 나서 기내를 걷고 있는데, 좌석에 앉아 있는 이 손님과 또 눈이 마주쳤다. 계속 눈이 마주치다 보니 혹시 이분이 말동무가 필요한 건 아닐까 하는 생각이 들어 다가가서 어디를 가는 중인지, 비행은 어떤지 물으며 말을 시켰다. 그랬더니 기다렸다는 듯, 이 영국 손님께서는 호주에 사는 딸의 생일이라 축하해주러 가는 길이라며 평소에는 남편하고 같이 여행을 하는데 이번엔 사정이 생겨 처음으로 혼자 간다고 했다. 그래서인지 조금 불안하다는 말도 살짝 곁들였다.

그 순간, '아, 그래서 이 손님께서 계속 나를 쳐다보셨구나' 하는 생각이 들었다. 혼자서는 처음 하는 장기 여행에 불안한 마음이 생기니 아무도 모르는 이곳에서 그 손님이 의지할 수 있는 사람이 바로 승무원인 '나'였던 것이다. 그걸 빨리 알아차리지 못한 것이 죄송해서 더 마음이 쓰였다. 그렇게 손님과 이런 저런 이야기도 나누고 웃으면서 시간을 보내고 나니, 손님이 한결 마음이 편해졌다고 했다.

이후에도 중간 중간 손님에게 먼저 다가가 말동무도 되어 드리고 서비스 하다가도 눈을 마주치면 살짝 미소도 보내드리면서 오히려 내가 마음이 따뜻해지는 경험을 했다.

✈

이게 서비스 업종의 매력인 것 같다. 사람을 대하는 직업이다 보니 사람 때문에 웃고 사람 때문에 울게 되는 것. 내가 어떻게 하느냐에 따라서 고객의 마음을 움직일 수도 있고 그들도 즐겁고 유쾌하게 만들 수 있다는 것. 참 매력적이다.

사람의 마음을 움직이는 것은 무엇인가 대단한 것을 제공할 때가 아님을 나는 승무원이라는 직업을 통해서 깨달았다. 진심으로 아끼는 마음, 배려, 관심, 미소, 이해 때로는 서로의 대화만을 통해서도 우리는 고객을 기쁘게 하고 즐겁게 할 수 있다.

아직은 초짜 승무원이었던 나는 그 영국 비행에서 그 손님을 통해서 마음을 전하는 서비스가 무엇인지 배워가고 있었다.

그렇게 비행이 막바지로 향했고 드디어 아부다비에 착륙을 했다. 앞쪽에 있었던 나는 손님들을 배웅하며 인사를 하고 있었다. 그때 그 손님이 앞쪽으로 걸어오는 걸 보고 나는 웃으며 바라보고 있었다. 그리고 안녕히 가시라고 인사를 건네니 갑자기 내 손을 잡으신다. 그러더니 가만히 내 손등에 키스를 해주시고 나서 가만히 안아주시더니 귓속말로 "Thank you so much, my lovely asian daughter, you are wonderful person(너무나 고마워요. 나의 사랑스런 아시안 딸, 당신은 훌륭한 분이에요)" 하며 웃어 주시는 것이 아닌가. 그러면서 내 덕분에 무섭지 않고 즐겁게 올 수 있었다고 너무 고맙다면서 말이다.

순간 뭔가 모를 기쁨에 내 입이 귓가에 걸쳐질 정도로 미소가 나왔다. 그리고 나도 그분을 꼭 안으면서 다음 비행에서도 더 멋진 승무원이 잘

모실 것이니 걱정 말라는 안심의 말과 함께 호주까지의 즐거운 여정을 빌어드렸다.

그 손님이 그렇게 떠나고 나는 한동안 말을 잊지 못했다. '이게 뭐였지? 이 감정이?' 하는 생각 그리고 환희에 젖어 그렇게 미소를 지은 채로 멍하니 있었다. 그랬더니 같이 일했던 동료 승무원이 묻는다. 무슨 좋은 일이 있는데 그렇게 웃고 있냐고, 멋진 남자에게 명함이라도 받았냐고 말이다.

"더 멋진 여성분에게 최고의 찬사를 받았지"라고 말하니 그 동료가 어리둥절해 하다가 웃고 만다.

나는 지금도 그 손님이 잊혀지지 않는다. 그 분의 진심어린 감사 인사와 손 키스 그리고 해준 그 말들 모두, 그리고 그때 내가 느낀 감정까지도 아직도 내 기억 속에 생생하게 남아 숨을 쉬고 있다.

나에게 그 경험은 나만의 서비스 철학을 만들고 실천하는데 아주 큰 영향을 미쳤다. 나는 손님들을 대할 때, 음료를 한 잔 더 주고, 음식을 하나 더 주거나 뭔가 남들과 다른 물질적인 것을 제공해야 좋은 서비스라고 생각하지 않는다.

가장 좋은 서비스란, 상대를 배려하고 이해하며 그들의 이야기 속에서 내가 해줄 수 있는 것을 찾는 것. 어깨가 필요할 때는 어깨를 빌려주고 손을 잡아주면서 함께 웃고 공감해주는 것. 그것이 진정 내가 생각하고 지향하고 있는 좋은 서비스이다.

✈

나는 손님들이 무언가 하나를 더 받았을 때 만족을 느낄 수는 있지만 행복을 느낀다고 볼 수는 없다고 생각한다. 손님들 역시 물질적인 것보다 그들의 존재 자체가 누군가에게 인정받고 집중받아질 때 만족을 넘어 행복감을 느낄 것이다.

그리고 지난 내 경험으로 마음을 나누는 서비스를 제공한다는 것이 가장 쉽지만 동시에 가장 어렵다는 것을 알게 되었다. 그 이유는 간단하다. 바로 이런 서비스는 내 마음에서 먼저 우러나와야 하기 때문이다. 그만큼 서비스 당사자의 마음가짐이 중요하다.

나 역시도 가끔은 지친다. 힘들어서 좋은 마음이 안 들 때도 있다. 하지만 그럴 때마다 나에게 감동의 감사인사를 전해준 그 영국 손님을 생각하며 마음을 다잡고 내가 지향하는 그런 승무원이 되기 위해서 노력하고 있다.

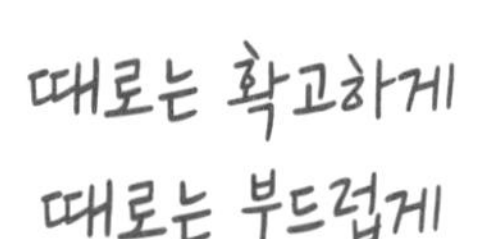

때로는 확고하게 때로는 부드럽게

비행기 안에는 다양한 이야기가 가득하고 각양각색의 손님들로 늘 북적인다. 승무원은 다양한 손님들이 편하게 비행할 수 있도록 도와주는 역할을 하는 사람들이다. 동시에 그들의 안전을 책임지는 막중한 임무를 겸하고 있다. 물론 많은 손님들이 승무원의 작은 친절에 감사해하고 노고에 칭찬을 아끼시지 않는다. 하지만 승무원을 자신의 심부름꾼 쯤으로 여기는 사람도 많다. 승무원은 무조건 자신들의 말을 들어야 한다고 생각하는 경우도 많으니 이런 분들을 상대하는 것은 결코 쉽지만은 않다.

하늘의 천사, 승무원. 왠지 이 단어를 들으면 승무원은 무조건적인 복종과 친절을 베풀어야 할 것만 같다. 하지만 나는 무조건적인 YES맨이 되는 것을 거부한다. 아무 이유도 없이 모욕적인 언사와 무례한 행동들을 보이는 사람에게 손님이라고 무조건적인 이해와 저자세로 나가는 것보다는 단호하게 행동해야 한다고 믿는다. 한 인격체로서의 승무원을 존중해주지 않고 자신의 하인쯤으로 생각하는 사람들에게 나는 적정선만 지키면 된다고 생각한다.

나의 아름다운 미소와 친절함은 승무원뿐만 아니라 다른 사람들도 존중하고 배려하는 분들을 위한 것이다.

종종 비행을 하다 보면 이제 막 20살 쯤 되어 보이는 손님이 탑승을 하다 서 있던 나와 눈이 마주치면 걸어오면서 자신이 들고 있던 작은 손가방을 한 손으로 올려 들고 나에게 쭉 내민다. 내가 처음 이 상황을 맞닥뜨렸을 때는 무슨 의미인지 몰라서 "네?"라고 물어본 적이 있다. 그랬더니 "가방 넣어 주세요"라고 말하는 것이 아닌가.

가방이 무거워서도 가방을 넣을 자리를 못 찾아서도 아니었다. 나는 순간 '이건 뭐지?' 하는 생각이 들었다. 손만 옆으로 올리면 바로 그 자리에 가방을 넣을 수 있음에도 불구하고 나보고 가방을 넣으라고 내민 것이다. 당연히 나는 "손님, 손님의 가방은 이쪽 선반에 넣으시면 됩니다"라고 미소와 함께 친절히 설명했다. 그러자 그 젊은 손님은 당황하면서 머뭇거리더니 "아, 네" 하면서 가방을 스스로 넣었다.

나는 왜 한국 손님들이 그런 행동을 자주 보이는지 나중에 한국 항공사를 이용하고 나서 알게 되었다. 캐리어를 끌고 기내에 걸어가고 있었는데, 얼마 되지 않아 예쁘게 생긴 나보다 작고 마른 승무원이 재빠르게

Emirates Aviation College 앞에서 한 컷

달려와 웃으면서 "들어드리겠습니다" 하는 것이었다.

그때 속으로 '아, 그래서 한국 손님들이 가끔 자신의 짐을 올려달라고 하시는구나' 하고 생각했다. 스스로 할 수 있으니 괜찮다고 말하고 짐을 올리자 오히려 감사하다고 말하는 그 승무원을 보면서 한국 항공사에서 일하는 것도 쉽지만은 않겠구나 싶었다.

이런 경우도 있었다. 손님이 콜벨*승무원을 부르기 위한 벨*을 울려서 가봤더니 코 푼 휴지를 버려달라고 하면서 자신도 더러웠는지 끝만 간신히 잡고는 나에게 그 휴지를 주는 것이었다. 나는 정중하게 "손님 코 푼 휴지는 뒤에 바로 보이는 화장실 쓰레기통에 버리시면 됩니다"라는 말을 남긴 채 그 자리를 유유히 떠났다.

✈

비행 목적지에 가서 동료들과 한 컷

물론 가방이 무거워 보이거나 나이 드신 손님, 또는 애기들과 여행하는 가족 손님을 보면 우리는 누구보다 재빨리 달려가 도와드린다. 손님의 좌석이 지저분하면 쾌적한 여행을 위해서 살짝 치워드리기도 한다. 애기들이 어질러 놓은 것들을 기분 좋게 정리해드리기도 한다.

하지만 승무원에게 도움을 요청하는 것이 아닌 짐꾼 정도로 취급하는 분이나 자신도 만지기 싫은 코 푼 휴지를 치워달라는 손님에게는 어느 정도 단호할 필요가 있다. 아니면 그들도 몰랐을 수 있기에 어떻게 하는지 알려드릴 필요도 있다고 생각한다.

10년을 외항사 승무원으로 근무를 하면서 부드러우면서도 확고한, 동서양의 조화를 이룬 나만의 서비스 철학이 생기고 스타일이 생겼다. 우선 나는 기본적으로 서비스인은 친절과 미소는 당연히 갖추고 있어야 할 자질이라 생각한다. 그 자질들을 바탕으로 고객 만족을 넘어 고객을 행복하게 만들어 주는 것이 서비스인의 기본이라고 생각한다.

다만, 아무리 고객이라고 해도 상대를 인격체가 아닌 자신의 밑에 존재하는 사람으로 취급하는 사람에게는 주어진 역할 수준에서 대하면 된다는 것이 나의 철학이다. 다시 말하자면, 어느 손님이 무시하는 말투 혹은 반말로 "야, 이거 얼마야?"라고 말한다면 따뜻한 친절함은 거둬들이고 물건을 사러 왔다면 돈을 받고 물건만 주면 된다. 다만 여기서 같이 무례하게 굴 필요는 없다. 우리는 그들보다 나은 사람이기에.

나에게 있어 내가 제공하는 서비스는 나의 자부심이자 내 존재감이다. 그렇기에 내 존재감과 가치가 떨어지는 행동은 하지 않음과 동시에 누군가 내 존재감과 가치를 훼손하려고 든다면 그것 또한 용인하지는 않는다.

승무원이자 서비스인으로서 나의 행복은 내가 미소와 친절로 고객을 먼저 대하고 나의 서비스를 받은 고객의 얼굴에서 행복감이 묻어나올 때이다. 그리고 감사한 마음을 작게나마 표현해준다면 나는 그런 고객들을 위해서 더한 것도 할 준비가 되어 있다.

비행 중에 서비스를 하다 보면 종종 마지막 몇 분의 손님을 서비스할 때 준비된 선택 중 한 가지만 남는 경우가 생긴다. 예를 들어, 생선요리만 남은 상황이라고 치자. 그러면 죄송한 마음과 함께 정중하게 상황을 설

기내에서 동료들과 즐거운 한때

명하고 남은 선택이 괜찮으시겠냐고 물어본다.

보통 손님들의 반응은 두 가지이다. 괜찮다고 하는 사람과 갑자기 생선에 알레르기가 생기거나, 생선은 원래 못 먹는다며 무조건 없는 닭고기 요리를 가져오라고 역정을 내는 사람이다. 예외로는 생선을 좋아하지는 않지만 다른 방도가 있냐면서 어쩔 수 없이 받는 손님들도 있다.

앞의 다른 손님은 자신들이 원하는 음식을 선택했고, 뒤에 앉은 분들은 그렇지 못했기에 마음이 상하실 수 있다는 걸 충분히 안다. 그래서 최대한 사과를 하고 가능한 선에서 최대한 손님이 원하시는 걸 챙겨드리려고 한다. 안 먹겠다고 하시면 승무원에게 주어진 과일이나 빵을 더 드릴까 물어보기도 하면서 나름 최선을 다한다. 그러면 대부분의 손님들은 그냥 생선을 선택하거나 빵을 더 드신다.

그러면 죄송한 마음에 나중에 뭐라도 하나 더 챙겨드리려고 노력한다. 물론 흔쾌히 생선을 받아준 손님들에게도 감사의 마음에 음료라도 한 잔 더 드리고 싶고, 뭐라도 더 챙겨드리고 싶어진다. 그런 손님들이 가끔 콜 벨을 누르시거나 갤리에 들어오면 아주 큰 미소로 맞이한다. 그리고 더 필요하신 것은 없는지 묻고 즐겁게 담소도 나눈다.

하지만 드물게 손님 중 크게 역정을 내면서 당신은 알레르기가 있으니 비즈니스에서 음식을 가져오라고 하거나 승무원용 식사를 가져오라고 한다. 그리고 큰소리로 서비스가 나쁘다면서 입에 담기 힘든 말을 하는 경우도 있다. 그런 경우 나는 같이 역정을 내지는 않지만 아주 단호하게 이야기한다. 손님께서 알레르기가 있으신 경우는 티켓을 구입하실 경우 특별 서비스의 일종인 스페셜음식*채식주의, 아이들을 위한 식사 등 특별한 경우를 위한 식사 주문 서비스*을 미리 주문하셔야 한다고 알려드린다.

또한 미처 알지 못해서 주문을 못 했다면 탑승하고 나서 혹은 서비스 전에 미리 승무원에게 알려주지 않는다면 승무원이 손님 개개인이 가지고 있는 알레르기 상황에 대해 알지 못하기에 대처를 제대로 할 수 없다고 정중하게 설명한다.

그러면 10명 중에 9명은 민망해하며 '알겠다' 하신다. 그리고는 생선을 달라고 하시는 분도 있고, 빵이나 다른 음식을 달라고 하신다. 그러면 나는 당연히 다시 친절하게 "물론이죠" 하며 그분들을 서비스한다.

✈

참 재미있는 사실은, 일부 고객은 안 되는 상황임을 알면서도 우선 자신의 마음에 들지 않으면 화부터 낸다는 사실이다. 그때 내가 저자세로 나가면 고객은 더 심하게 고자세로 나온다. 하지만 이런 상황에서 확고하고 단호하게 설명을 드리면 고객은 금세 태도를 바꾼다.

여기서 태도를 바꾼 고객에게 다시 부드럽고 세심한 서비스로 친절하게 대한다면 고객은 다시 마음을 풀고 서비스를 즐기게 된다는 것이다.

바로 WIN-WIN 상황이 되는 것이다.

물론 고객이 화가 나는 이유가 우리의 잘못이라면 대처 방법은 당연히 달라져야 한다.

나는 승무원이라는 자부심을 가지고 고객을 대한다. 내가 제공하는 서비스의 가치를 내가 먼저 확고히 한다. 무조건 'YES'가 아닌 확고함과 부드러움으로 고객이 받고 'WOW' 할 수 있는 서비스, 상식이 통하는 서비스, 서로 존중하고 존중받는 서비스, 이것이 바로 내가 추구하고 지향하는 서비스이다.

먼저 나를 낮추지만 비굴하지 않는, 부당한 요구에 확고히 대처할 줄 아는, 그러면서도 존중으로 대하는 고객에게는 최상의 서비스를 제공할 줄 아는 그런 승무원이 되고자 나는 오늘도 노력을 멈추지 않는다.

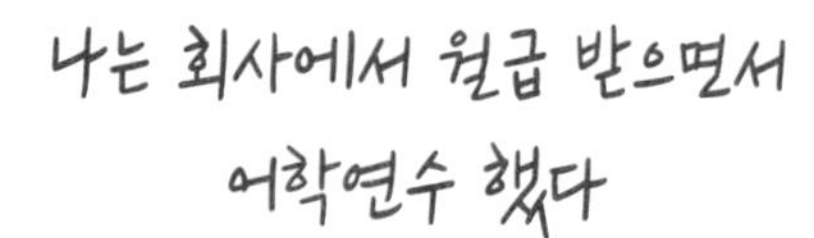

대형 항공사, 그것도 외국 항공사 부사무장으로서 120여 개국의 영어권 승무원들을 포함한 전 세계 출신의 승무원들을 이끌고 비행을 하고 있는 것이 현재 내 모습이다. 일반 대화부터 때로는 깊이 있거나 복잡한 대화를 나눠야 하는 것이 나의 역할이다. 그런 내 모습에 주변 사람들은 내가 어렸을 때부터 영어를 잘했을 것이라고 생각한다.

나는 승무원이 처음 되었을 당시 기본적인 의사전달이나 서비스에 관련된 대화는 가능하였으나 영어를 유창하게 구사하지는 못했다. 정확히 말한다면 나의 본격적인 영어 공부는 20대가 되어서야 시작되었다. 고등학교 시절 영어를 좋아하면서 오성식의 팝송도 들어보고 EBS의 강의도 듣고 나름 많은 노력을 했다. 하지만 지금 돌이켜보면 진정 영어를 공부했다고 볼 수 없을 것 같다. 정확한 사용처와 의미도 모르는 채로 그저 무식하게 단어를 외우고 팝송을 따라 불렀으니 말이다.

그런 방식이 영어를 공부하는데 도움이 되지 않았냐고 물어본다면 난 단호하게 이야기 할 수 있다. 뭐든 공부를 해두면 결국 도움은 된다. 다만 그 당시 그런 노력으로 영어를 유창하게 구사하기에는 한계가 있었다는 것이다. 하지만 시험 성적을 올리는 데는 큰 도움이 되었다.

23살이 되던 해에 무작정 뉴질랜드로 떠나서 영어를 모국어로 사용하는 곳에서 1년 6개월을 보냈다. 영어 능력이 향상되었는지 물어본다면 떠나기 전보다 확실히 늘었다. 자주 사용하는 내용들은 곧잘 했다. 다만 깊이가 없는 대화는 가능하였으나 그 이상은 무리였다. 해외에서 어학연수 1~2년 한 사람들은 잘 알 것이다. 그 한계가 무엇인지를.

그 한계를 안고 나는 당당하게 승무원이 되었다. 승무원은 단순 영어 구사 능력만으로 뽑는 직업이 아니다. 여기서 확실히 해두고 싶은 것은 그렇다고 한마디도 못해도 된다는 뜻이 절대 아니라는 것이다. 당연히 면접 시 이루어질 기본적인 대화가 가능해야 한다. 꼭 원어민처럼 또는 아주 유창하게 할 필요는 없다는 것이다.

막상 승무원이 되었지만 현실은 영어로 인해 나에게 많은 좌절과 아픔을 안겨주었다. 동료들과 이야기하다 다들 웃고 있는데 나만 이해하지 못해서 멍 때리고 있을 때도 있었다. 고객이 물어보는 질문을 못 알아듣거나 내가 하는 말을 상대방이 이해하지 못했을 때 느끼는 수치심은 끝

언제나 유쾌하고 즐거운 동료 승무원들

도 없이 나의 자존감을 떨어뜨렸다. 특히 각양각색의 발음과 억양은 나를 당황하게 만들기에 부족함이 없었다.

자존감은 자꾸 낮아지고 입은 자물쇠를 단 것처럼 무거워져갔다. 하지만 난 포기할 수 없었다. 그러던 중 나로 하여금 '회사에서 어학연수를 하겠노라' 결심하게 만든 사건이 하나 생겼다.

어느 비행인지 기억나지는 않지만 그 사건은 지금도 또렷하게 기억이 난다. 비행을 하다 남아공 출신의 동료에게 'Milk' 우유를 달라고 부탁한 적이 있다. 그때 그 남아공 동료는 '뭐라고'를 3번이나 반복하고 나서 살짝 비웃음 섞인 미소로 "아~, 우유!" 하면서 나에게 "자, 따라 해봐, 우유"

라고 하는 것이었다.

처음에는 '이게 뭐지?' 싶은 마음에 웃지도 울지도 못하고 넘어갔다. 나를 놀린 것 같은데 확실하게 뭐라고 할 수 없는 그런 기분이었다.

이 일이 있고 나서 한참 뒤에 그 친구가 무엇인가를 찾고 있었다. 도와주려는 마음으로 "It's behind that container." '그 컨테이너 뒤에 있어'라고 이야기해 주었다. "뭐라고?"라고 되묻길래 내가 다시 말하니, "컨테이너? 아, 자아 따라 해봐, 컨테이너"라고 하는 것이었다. 그 순간 다른 동료들의 시선이 나에게 꽂히면서 얼굴이 붉어졌다.

나를 7살 어린이한테 영어를 가르치듯이 비웃으면서 놀리는 그 아이의 모습에 경직되어가는 나를 볼 수 있었다. 그 순간 그런 식으로 사람 무안 주지 말라며 정색하고 그 친구를 쏘아보았다. 모멸감을 느꼈다. 얼굴이 화끈거리며 달아오르는 것을 느낄 수 있었다. 분위기는 당연 서늘해졌고 나는 끓어오르는 화로 인해 그 친구를 쳐다볼 수도 없었다. 당연 그 이후로 비행이 끝날 때까지 그 친구와 단 한마디도 섞지도 쳐다보지도 않았다.

그 뒤, 나는 영어에 대한 트라우마에 시달렸다. 한 달 동안 동료들과 필요 이상의 말을 섞지 않았다. 창피를 당할까 두려웠다. 무서웠다. 여린 마음에 그 기억이 상처가 되었다. 하지만 한 달을 그렇게 보내고 나니 결국 나의 손해였다. 말은 점점 더 어눌해지는 것 같고 동료와의 관계는 더 어색해져만 갔다. 그 아이 때문에 혼자 상처받고 그 상처로 도태되어 가는 나만 손해였다.

'왜 내가 나를 놀리던 동료 때문에 이렇게 있어야 하지' 하는 생각이 들었다. 이런 식으로는 안 된다는 생각이 강하게 들자 모든 것이 달라지기 시작했다. 그리고 인정하기 시작했다. 난 당연히 남아공 출신의 그 아이보다 영어를 못할 수밖에 없다. 억울할 필요도 속상할 이유도 없었다. 날 놀림거리로 생각한 그 아이의 인성을 내가 어찌 할 수 없기 때문이다.

이렇게 생각하고 나니 조금씩 마음의 안정이 찾아왔다. 그렇다고 이대로 있으면 안 된다는 생각도 강하게 들었다. 영어를 더 독하게 공부해야겠다는 의지가 불타오르기 시작했다. 그래서 나는 내 주변의 사람들을 내 영어 선생님으로 맞아들이기로 마음을 먹었다.

나는 숨는 대신 밖으로 나왔다. 아니 나와야 했다. 이렇게 있다가는 내가 숨이 막혀서 비행을 할 수 없을 것 같았다. 일을 할 수 없게 된다면 결국 나만 손해 아닌가? 나는 여기에 놀러온 것이 아니었다. 일하러 왔기에 정신을 바짝 차려야 했다.

영어라는 전쟁에서 이겨야 했다. 나에게는 전투였다. 그 전투에서 이기지 못한다면 남은 건 귀국이었다. 영어도 못하고 실의에 빠진 나에게 회사가 계속 월급을 주지는 않을 것이라는 생각이 들었다. 그래서 나는 선택을 했다. 이게 전쟁이라면 이기겠노라고 말이다. 그리고 나는 회사에서 일을 하면서 어학연수를 하겠노라 마음을 먹었다.

나의 이런 결심은 나의 모든 행동을 바꿔 놓았다. 비행 가기 전에 내가 하고 싶은 말을 미리 준비했다. 예를 들어, 비행 가는 곳이 2006년 독일 월드컵 기간의 독일이었다. 나는 축구에 관련된 단어와 간단한 표현을 미리 준비했다. 그리고 한 동료에게 먼저 "축구 좋아해?"라는 질문을 필두로 내가 준비한 것을 물어봤다.

물론 내가 대답을 알아듣지 못한 적도 있고 내 질문을 상대가 못 알아듣는 경우도 생겼다. 그러면 나는 창피함을 무릅쓰고 다시 천천히 이야기해 달라고 하고 머릿속으로 그 문장을 외우려고 노력했다. 또 내 질문을 못 알아들으면 집에 가서 문장을 다시 한 번 점검하고 다음 비행에서는 다른 동료에게 똑같은 패턴의 질문을 다른 문장을 사용해서 했다.

손님도 나의 선생님이 되었다. 의외로 사람들은 친절했고 종종 영어 선생님을 자처하는 사람도 생겼다. 배우고자 하는 나의 의지와 노력을 높이 사는 사람들이 많았다. 그리고 오히려 다양한 설명과 알기 쉬운 단어들로 풀어 사용하면서 내가 이해할 수 있도록 도와주었다.

조금씩 나의 영어 실력이 늘었다. 아주 느리지만 나는 늘고 있는 나의 실력을 확인할 수 있었다. 그랬더니 두려움도 점차 사그라지기 시작했다. 나의 이 방법은 지금도 사용하고 있다.

나는 10년 전보다 6년 전에, 6년 전보다 작년에 영어를 더 잘했다. 그리고 작년보다 올해 더 잘한다. 이렇게 말하면 내가 원어민 뺨을 칠 정도로 잘할 것이라고 생각하는 사람도 있을 것이다. 난 지금도 원어민 뺨을 칠 정도로 영어를 능수능란하게 구사하지는 못한다. 하지만 내 팀을 이끌고 다양한 상황을 처리하기에 부족함은 없다.

나의 이 경험을 살려 내 제자들에게도 늘 똑같은 조언을 해준다. 실제 많은 제자들이 승무원이 되어서 피눈물나게 영어를 접하고 배우고 실력을 향상시키고 있다.

E항공사에 입사한 내 제자도 내 조언에 따라 현명하게 면접을 준비해 합격해서 입사해서 회사에서 월급 받으면서 어학연수를 하고 있다. 처음 그 친구가 조인했을 당시 같이 교육을 받던 외국 동료가 이 친구의 영어 실력을 보고 어떻게 면접에 합격했는지 물었다고 한다. 그 친구는 그 질문에 가만히 미소 지었다. 자신의 실력을 그 친구도 알고 있었기 때문이다. 하지만 내가 그랬듯이, 그 친구도 비행하면서 부딪히고 깨지면서 피눈물나는 노력으로 영어를 공부했다. 그 결과 3년이 지난 지금 영어로 불의를 보고 싸울 수 있을 정도로 영어가 일취월장하였다.

내 제자나 나, 우리 둘 다 승무원으로 일하고 회사에서 월급 받으면서 최고의 어학연수를 받은 셈이다. 다만 그 시간들이 결코 쉽지 않았다는 것을 다시 한 번 강조하고 싶다. 그냥 이루어지는 것은 절대 없기 때문이다.

사람은 여유가 있는 상태로 무엇인가를 준비하다 보면 금방 나태해지기 마련이다. 1~2년 어학연수를 갔다 오는 많은 친구들이 제대로 된 영어를 구사하지 못하고 돌아오는 경우를 많이 봤다. 영어를 쓰는 곳에 간다고 해도 금방 또는 저절로 영어가 향상되지는 않는다.

노력한다면 분명히 실력은 향상될 것이다. 거기에 절박함이 더해진다면 실력은 일취월장 할 수 있다. 사람은 자신이 필요로 하는 만큼만 하게 되어 있기 마련이다.

나는 에미레이트 항공에서 살아남기 위해서 영어 실력을 높여야 했다. 돈 주고 배우러 온 것이 아니고 안 배우면 일을 못할지도 모른다는 절박함이 있었다. 그 절박함으로 일하면서 어학연수를 하겠다고 결심한 것이다.

승무원이 되겠다고 하는 많은 친구들이 나에게 묻는다.

"선생님, 영어 면접에 합격하기 위해서 어학연수를 다녀와야 할까요?"

그러면 나는 목적을 분명히 하라고 한다. 해외경험이 목적이라면 떠나라고 한다.

하지만 승무원이 목적이라면 영어 면접 스킬을 확실히 배워 '승무원이 되어서 회사에서 월급 받으면서 어학연수 하라'고 한다. 내가 그렇게 영어와 승무원이라는 두 마리의 토끼를 잡았기 때문이다.

그리고 나는 그렇게 배운 내 영어가 자랑스럽다.

승무원의 특권으로
전 세계를 누비다

승무원이라는 직업의 가장 큰 장점은 저렴한 비행기 표일 것이다. 항공사마다 이 혜택에 대한 규정은 조금씩 다르지만 대부분 승무원 본인은 무제한으로 많게는 90%까지 할인된 표를 구입할 수 있다. 그 혜택은 자항공사 뿐만 아니라 대한항공, 아시아나항공, 루프트한자, 타이항공 등 서로 약정이 되어 있는 다른 항공사 표를 구입할 때도 적용된다. 그래서 보통 전 세계 항공사 승무원은 타 항공사까지 할인된 가격으로 표를 구입할 수 있다.

이 혜택은 본인뿐만 아니라 직계가족인 부모님, 자식이나 남편까지 가능하다. 또한 항공사마다 다르기는 하지만 에티하드 항공은 일 년에 10장씩 누구에게나 줄 수 있는 할인된 표가 제공된다. 거기에 에티하드 항공 포함 일부 항공사들은 본인과 직계가족에게 비즈니스석도 할인된 표로 구입할 수 있다.

이뿐만이 아니다. 할인 표에 승무원은 전 세계 호텔에서 할인도 받는다. 물론 성수기에는 제한이 있지만 비수기를 잘 이용한다면 많게는 50%까지 할인을 받을 수 있으니 매력적이지 않을 수 없다.

또한 세계 대부분의 나라 면세점에서 이미 면세된 제품을 또 할인을 해준다. 그래서 나는 샴푸부터 매니큐어까지 면세점에서 구입한다. 그렇게 구입하는 것이 시중보다 훨씬 저렴하기 때문이다.

위에서 언급한 것이 승무원의 가장 큰 특권이라고 할 수 있다. 그리고 다른 사람들이 가장 부러워하는 점이기도 하다.

내가 승무원이 되고 나서 달라진 가장 큰 한 가지는 해외여행이다. 나의 부모님은 내가 승무원이 되기 전에는 단 한 번도 외국에 나간 적이 없으셨다. 비행기를 타보신 것도 제주도를 가기 위해서가 전부였다.

그랬던 우리 가족은 지금 일 년에 두 번 정도 해외로 가족여행을 간다. 한 번은 멀리 유럽 쪽으로 가고 다른 한 번은 가까운 아시아 쪽으로 여행지를 선택한다.

에티하드 항공을 타고 가는 경우 부모님과 내 아들은 늘 비즈니스석을 이용한다. 부모님이 비즈니스 좌석을 이용해서 먼 거리를 가니 너무 편하다고 좋아하셨을 때, 나는 자식으로서 그동안 고생만 하신 부모님께 뭔가 효도한 느낌이 들어서 행복했다.

우리 아들은 모든 비행기의 전 좌석이 비즈니스 좌석처럼 침대가 있는

해외여행 중 가족들과 즐거운 시간

줄 알고 있다. 그런 율이 모습에 가끔 사람들이 이렇게 말하곤 한다.

"율은 엄마 잘 만나서 호강하네."

난 이 말이 좋다. 우리 아들과 부모님께 호강이라는 단어를 느끼게 해 주고 싶어서 내가 여기서 승무원으로 열심히 살아가고 있기 때문이다.

또한 여행지에 가서 어린아이처럼 좋아하며 이곳저곳을 신기한 듯 둘러보고, 외국인들이 말 시키면 흠칫 놀라면서도 임기응변으로 대처하고 나면 내 모습에 뿌듯해하던 부모님과 내 아들을 바라볼 때 승무원 되길 정말 잘했다는 생각을 한다.

4년 전에 가족과 함께 오만으로 놀러간 적이 있다. 그때 샹그릴라 리조트 호텔에 투숙을 했다. 물론 50% 할인된 가격으로 말이다. 우리가 투숙한 호텔 방이 바다와 맞닿아 있었기에 방문을 열고 몇 발자국 걸으면 바로 해변이었다. 파도 소리가 지척에서 들리고 아름다운 해변의 경치를 마음껏 즐길 수 있었던 그곳에서 우리는 즐거운 한때를 보냈다. 해변에 누워 수영을 좋아하는 아들을 바라보며 책을 읽기도 하고 같이 물장난도 하고 해변을 걷기도 했다. 밤에는 호텔 수영장에서 칵테일 한 잔을 마시며 여유라는 호사를 마음껏 누렸다.

친절한 직원들, 아름다운 전경에 으리으리한 시설을 갖춘 호텔, 그리고 럭셔리한 다양한 서비스를 즐기고 있으니 가족들이 너무 행복해 한다. 시티에 나가서 관광도 하고 쇼핑도 하고 다른 호텔 레스토랑에서 식사도 하면서 제대로 오만여행을 즐겼다.

우리 어머니는 그때 그 호텔을 지금도 종종 이야기한다. 딸내미 덕분에 태어나서 처음으로 그런 호사를 누려봤다면서 말이다.

재작년에는 그리스로 여행을 갔다. 우리 가족이 함께한 첫 유럽여행이었다. TV와 책에서만 보던 유적지를 직접 본 우리 부모님은 "WOW'를 연발하셨다. 걸어다녀야 하는 힘든 여정이었음에도 불구하고 나보다 좋은 체력으로 어디든 잘 다니시는 걸 보면서 더 나이 드시기 전에 자주 모시고 나와야겠다는 생각을 했다.

우리는 이 모든 여행을 승무원에게 주어진 특권으로 일반 사람들의 절반도 안 되는, 어림잡아 일반 경비의 30%정도로 다 해결할 수 있었다.

내가 승무원이 아니었다면 과연 우리 부모님에게 이렇게 쉽게 비즈니스 좌석을 끊어드릴 수 있었을까? 여행 경비의 50% 이상은 교통비, 즉 항공료일 것이다. 그런 면에서 나는 승무원이라는 직업으로 엄청난 혜택을 누리고 있는 것이다.

이런 혜택은 내 가족을 넘어 친구에게까지 가능하다. 내 가장 친한 친구는 작년에는 가족 4명이 런던을 갔다 왔고, 얼마 전 내가 해준 표로 미국에 있는 친척 집에 갔다 왔다. 물론 일반 표 값의 4분의 1도 안 되는 가격으로 말이다. 그 친구 회사 동료들은 내 친구에게 친구 잘 둬서 여행 다닌다고 부러워한다고 한다. 그러면서 나를 굉장히 자랑스럽게 여긴다.

나는 승무원을 꿈꾸는 많은 친구들에게 이런 이야기를 한다.

"효도를 하고 싶고 한 번쯤 멋진 삶을 살고 싶다면 꼭 승무원이 되라!"

✈

해외여행에서 어머니, 언니와 즐거운 한때

나는 승무원이 되고 나서 부모님에게 효도하기 시작했다. 재정적인 지원은 물론이고 해외여행에, 그리고 가격이 조금 센 필요하신 물건도 면세에서 저렴하게 구입해서 선물한다.

경제적인 여유도 생기고 더 많은 세상을 보시고 나니 우리 부모님도 심적으로 더 여유로워지셨다. 늘 빡빡한 삶을 살아오신 부모님의 여유로운 모습을 보고 있자니 참 행복하다. 또 다른 기쁨은 내가 승무원이 되고 주변 분들에게 '자식 잘 키웠다'는 말을 자주 듣는 것이다. 우리 세대를 넘어 지금도 부모님에게 있어서 가장 큰 찬사는 아마 이 말이 아닐까 싶다.

이렇듯 승무원이라는 직업은 나에게 직업적인 소명 이외에도 많은 것을 제공해 주었다. 그 특별한 혜택으로 전 세계를 때로는 혼자 때로는 가족과 함께 즐길 수 있음에 늘 감사한다.

✈

화려함 뒤에 숨어 있는 외로움

세계 각국을 돌면서 미소와 친절로 손님을 대하는 하늘의 천사라고 불리는 승무원. 매력적인 수식어구와 함께 각종 혜택과 높은 월급으로 많이 이들에게 선망의 직업이 되었다.

그럼 이쯤에서 승무원 삶의 실상이 궁금할 것이다. 모든 직업은 동전의 양면처럼 밝은 면과 어두운 면이 있는 법이다. 밝게 비추는 햇살 밑에 그늘이 존재하듯 말이다.

밝은 햇살처럼 승무원은 가히 멋진 직업이다. 세계 여러 나라를 갈 수 있는 것은 기본이고 막 입사해서 한 달에 100시간 정도 비행하고 받는 월급이 350만 원은 넘는다. 휴가가 있어 보름 이상을 쉰다고 해도 기본적으로 250만 원의 월급이 보장된다.

레이오버*다른 나라로 가서 하루 쉬고 오는 경우를 레이오버라고 부름* 비행인 경우 해당 나라에 가서 쉬는 동안에도 우리는 Allowance라고 불리는 체류비가 나온다. 쉴 때도 돈 받는 직업이 바로 승무원이다. 직급이 오르면 당연히 월급도 오른다. 부사무장인 나는 지금 비행을 정말 많이 한 달*많이 한다고 해도 한 달에 비행시간 130~140시간 정도*에는 월급이 우리나라 대기업 부장급은 된다고 할 수 있다.

특히, 중동은 나라 자체에서 승무원들에 대한 여러 혜택을 부여한다. 예를 들어, 오성급 호텔에서 숙박 할인은 기본이고 호텔 소속 레스토랑이나 일반 카페, 레스토랑에서도 적게는 10%에서 많게는 50%까지 할인을 제공한다. 그러니 감히 승무원들의 천국이라 말할 수 있을 것이다.

나 역시도 우리 가족들이 두바이와 아부다비에 놀러왔을 때, 이런 혜택들로 평소 해보지 않았던 럭셔리 라이프를 즐길 수 있었으니 말이다.

높은 월급과 이런 다양한 혜택으로 많은 이들이 중동 항공사를 선호하는 것이 사실이다. 하지만 나는 늘 내 제자들에게 하는 말이 있다.

"화려함 뒤에 감춰진 극한 외로움을 잘 이겨내야 한다."

나는 한국에서 비행을 해본 적이 없기에 한국의 경우는 잘 모른다. 하지만 중동에서 10년을 근무하면서 느낀 외로움은 그야말로 처절하다.

처음 입사를 하고는 동기들과의 유대감도 생기고 트레이닝을 받는 기

해외여행 가서 아들과 한 컷

간 동안 늘 붙어 다니기에 외로움을 느낄 사이 없이 시간이 흐른다. 비행을 처음 시작하고 나서 한 일 년은 꿈을 이뤘다는 성취감과 비행 다니는 재미와 맛에 빠져 늘 행복하기만 하다. 또한 친구들도 생기고 동기와의 유대감이 아직은 쌩쌩할 때라 만나서 비행 얘기하면서 정신없이 지낸다. 처음에는 스케줄이 비슷한 편이다 보니 오프도 잘 맞고 늘 주변에 친구가 있는 것 같다.

시간이 지나면 친구의 수는 줄어들 수밖에 없다. 몸이 피곤해지니 전처럼 아주 친하지 않아도 같이 어울려 놀던 친구들의 연락에 쉽사리 나가지 못한다. 친한 친구들과 스케줄이 안 맞을 때는 한 달에 단 한 번도 보지 못하는 경우도 생기다 보니 관계가 조금씩 소홀해진다.

바로 어제도 지금 내 룸메이트인 인도 친구가 우리가 얼굴 본 지 한 달은 넘었다면서 얼굴 잊어버리겠다는 농담을 건넸다. 10년 전이나 지금이나 늘 일어나는 일상이다.

모든 직업이 처음에는 모든 것이 신기하고 새로운 것들을 배우느라 시간이 정신없이 간다. 그러다 시간이 지나면 일과 사람들에 익숙해지기 시작하면서 일상이 되어버린다. 당연한 수순이다. 반복되는 일상에 때로는 무료함과 권태로움을 느낀다.

승무원이라는 직업도 마찬가지이다. 시간이 지나면 비행은 일상이 된다. 무료함과 권태로움을 느끼기 시작하고 거기에 외로움이라는 것이 따라온다.

물론 항공사마다 다르지만 보통 외국 항공사에 취직을 하면 그 나라에 가서 거주하면서 비행을 한다. 특히 중동은 승무원뿐만 아니라 일반 직장 대부분의 사람들이 일자리를 찾아 온 이방인들이다. 그러다 보니 삶을 만들어가는 곳보다는 일하기 위해 머무르는 곳이라는 분위기가 있다.

여기서 어떤 사람은 그럴 것이다. 중동에서 결혼해서 삶을 잘 꾸리는 사람도 있다고.

맞다. 그런 사람도 있다. 하지만 6개월도 못 버티는 사람도 있다. 나는 그런 상, 하위 몇 프로를 이야기하는 것이 아닌 나와 주변 사람들이 느끼고 겪은 경험을 일반화시킨 것이다. 동료와 손님과 대화를 하고 웃고 떠들기도 하지만 그런다고 외로움이 사라지지는 않는다.

비행을 마치고 지친 몸을 이끌고 적막감이 감도는 어두운 집에 들어오는 순간 외로움은 배가 된다. 몸이라도 아프거나 하면 그 쓸쓸함과 서러움은 말도 못할 정도로 가슴을 후벼 판다.

처음 에미레이트 항공에 다닐 때, 첫 1년은 한국 가고 싶다고 느끼지도 못할 정도로 즐거운 나날을 보냈다. 힘든 날도 있었지만 외롭다는 생각은 안 했다. 그러다가 조금씩 혼자 있는 시간이 늘어나고 길어지자 외로움이 나를 엄습하기 시작했다. 그럴 때마다 가족이 있는 한국에 가고 싶다는 생각이 들었다. 그래서 한국 비행에 목숨을 걸기 시작하고 오프쉬는 날가 연달아 있는 경우는 한국으로 향하기 시작했다.

그러면서 가족의 소중함을 더 깨닫기 시작했다. 어머니가 해준 밥 한 끼, 언니와의 쉴 새 없는 수다가 나를 기운나게 했다.

승무원 준비생들은 한국에 자주 들어오는 나에게 "선생님은 왜 한국 비행만 하시고, 쉬는 날도 한국만 오세요?"라고 물어본다. 그들은 전 세계를 비행하고 여행하는 것이 꿈이라 이런 내가 가끔 이해되지 않는 모양이다. 하지만 그럴 때마다 난 웃으며 이렇게 이야기한다.

"승무원이 되서 외국에서 한 1년 살다 보면 한국이 제일 그리워진다. 기다려 봐, 선생님 말이 틀린지 맞는지."

실제로 승무원이 된 많은 내 제자들이 늘 한국을 그리워한다. 직업이 싫어서도 사는 곳이 싫어서도 아니다. 혼자라는 외로움으로 인해 그냥 한국, 내 가족이 그리워지는 것이다. 사담이지만 그래서 외국 나가면 다 애국자가 된다고 하나보다.

그 외로움이 주체할 수 없을 정도로 심해져 결국 그만두는 친구도 보았다. 그리고 다시 이 직업을 그리워한다. 하지만 다시 오고 싶다고 쉽게 다시 올 수 있는 곳이 아니기에 나는 제자들에게 승무원이 되면 겪게 될 극한 외로움에 잘 대처하라고 한다.

첫 3년 동안 두바이에서 나는 늘 혼자라는 생각에 힘이 들었다. 그 외로움을 달래고자 결혼을 조금은 쉽게 생각하지 않았나, 지금 돌이켜보면 그런 생각도 든다.

다시 돌아온 중동, 아부다비. 나는 지금도 외롭다. 하지만 그 외로움마저도 즐기는 삶을 살고 있다. 과거 한 번의 경험을 통해서 중동에서 외로움을 어떻게 대처해야 할지를 배웠기 때문이다.

외로움은 우리가 없애고 싶다고 없어지는 것이 아니다. 안 느끼고 싶다고 안 느껴지는 것도 아니다. 친구가 있어도 연인이 있어도 느껴지는 것이 외로움이다. 다만 혼자 있는 이곳에서 그 외로움이 더 크게 다가오는 것이다. 그래서 나는 나를 아주 바쁘게 만든다. 시간을 무료하게 보낼수록 외로움이 커진다는 것을 알았기에 그 시간들을 귀하고 바쁘게 쓰기 위해서 다양하고 새로운 일들에 도전하고 있고 실제 많은 일을 하고 있들다.

에티하드에 입사한 뒤, 정확하게 2개월 뒤부터 나는 강의를 시작했다. 비행이 없는 날은 강의로 눈코 뜰 새 없이 바쁜 하루를 보냈다. 그리고 강의가 익숙해지면서 같은 양의 수업을 하는데 시간이 남는 것 같은 느낌을 받았다. 그 뒤, 나는 새로운 도전인 책쓰기에 돌입했다. 비행을 하고 강의를 하고 틈틈이 책을 쓰며 아부다비에서 시간을 쪼개 쓰는 법을 터득해 갔다. 3일 이상 오프가 나오면 나는 한국으로 날아간다. 사랑하는 아들과 가족들을 보기 위해서 말이다. 그렇게 그들과 함께 시간을 보내고 에너지를 충전해서 돌아온다.

난 지금 이 외로움이 어색하지도 슬프지도 않다. 외로움과 함께 성장하는 법을 배웠기에 오히려 이 외로움이 지금은 정겹게 느껴지기도 하다.

승무원의 화려한 모습만 바라보고 있는 당신에게 나는 이런 말을 해주고 싶다. 화려함 뒤에 숨어 있는 외로움은 그 화려함만큼 더 어둡다고. 그러니 단순히 좋은 면만 보지 말고 어두운 면도 충분히 알고 도전하길 바란다. 어렵게 입은 유니폼을 쉽게 벗지 않고 승무원의 진정한 삶을 충분히 즐기기 위해서 말이다.

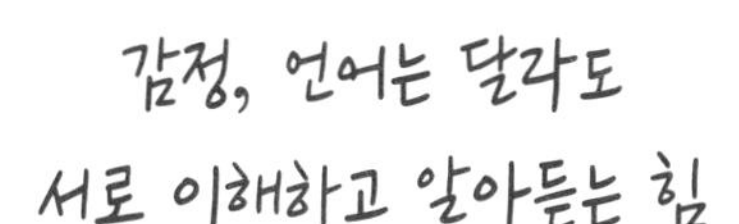

에티하드 항공에는 120여 개국의 승무원들이 모여서 함께 일하고 있고, 전 세계 125여 개국에 취항지를 두고 있다. 에티하드 항공의 공식 언어는 영어이기에 동료들과 전 세계에서 오신 손님들과 우리는 영어로 의사소통을 하고 있다. 하지만 각자가 가진 영어 실력도 문화도 다르다 보니 영어만으로 의사소통이 이루어지는 것은 아니다.

우리는 아시아도 가고, 유럽도 가고, 미국도 간다. 그러다 보니 영어권이 아닌 나라의 손님들이 영어에 능숙하지 않은 것은 당연한 것이다. 해당 언어를 다 구사하지 못함에도 불구하고 우리가 각기 다른 나라 손님들과 의사소통을 할 수 있는 힘은 무엇일까?

승무원으로 10년을 일하면서 참 많은 사람을 만났고 경험하고 배웠다.

그 중 가장 큰 가르침 중의 하나는 비록 같은 언어를 구사하지는 못하지만 서로를 이해하고 무엇을 원하는지 기본적인 것은 충분히 알 수 있다는 것이다.

얼마 전에 다리가 불편하시고 나이가 지긋이 드신 쿠웨이트 출신 할머니를 모시고 아부다비에 돌아왔다. 나는 아랍어를 하지 못했고 할머니께서도 영어를 하지 못했다. 이코노미석 맨 앞줄에 앉아 있었기에 손님들 탑승을 도우면서도 할머니와 종종 눈이 마주쳤다. 그러다 할머니가 손을 흔들기에 다가가서 필요한 것이 있는지를 물었다.

할머니께서는 앞쪽을 가리키며, 아랍어로 뭐라고 하시는 것이었다. 그 중 내가 알아들을 수 있는 단어는 '화장실' 하나 뿐이었다. 순간 다리가 불편하신 할머니가 앞 쪽에 위치한 비즈니스석 화장실을 사용해도 되는지 물어보신 것 같았다. 당연히 된다는 말을 하고 앞 쪽으로 모시고 왔다. 화장실을 다 사용하시고 다시 자리로 모셔다 드렸더니 손을 잡고 뭐라고 하신다. 전부 아랍어로 하신 말이었기에 정확하게 뭐라고 했다고 할 수는 없지만, 고맙다는 말이라는 것은 알 수 있었다. 그래서 나는 영어로 괜찮다고 대답하였다. 그리고 비행 중에 필요하신 것이 있으면 알려달라고 내가 영어로 이야기하니 할머니가 아랍어로 대답하셨다. 고맙다는 말 같았다.

한 시간짜리 비행이 눈 깜짝할 시간에 끝나고 도착 후 손님들이 나가는 것을 배웅하고 있었다. 그 순간 내 눈에 그 할머니가 들어왔다. 그래서 연결 통로에서 휠체어를 대기하고 있던 분에게 손님이 걷기가 많이 불편하니 휠체어를 가까이 가져다 달라고 부탁하고 할머니에게 갔다. 할머니를 부축해서 휠체어로 가면서 조심하시라는 이야기를 영어로 했다. 앉는 것까지 도와드리고 났더니 내 볼을 쓰다듬으면서 이번에는 아랍어로 아주 길게 이야기를 하셨다. 느낌상 자신에게 친절하게 해주어서 고맙다는 내용 같았다. 아니나 다를까, 옆에서 지켜보던 아랍 출신 지상 직원이 할머니께서 나의 친절과 배려에 감사해하며 좋은 덕담을 해주었다고 전해주었다. 내 느낌이 맞았던 것이다.

이렇게 참 재미있게도 우리는 서로 무슨 말을 했는지 정확하게는 알지 못한다. 하지만 할머니는 나의 도움에 감사인사를 했고, 나는 할머니에 대한 진심어린 걱정과 함께 도움이 되고자 했다. 이야기를 할 때마다 서로의 얼굴에는 미소가 가득했다. 나의 얼굴을 쓰다듬으신 그 손길과 눈빛은 따뜻했고 사랑이 넘쳤다. 마치 친할머니와 손녀처럼 말이다.

서로 다른 언어로 이야기하고 있었지만 우리가 서로를 이해할 수 있었던 힘은 무엇이었을까?

'감정'

그랬다. 그 순간 우리는 서로의 감정을 느끼고, 서로 무슨 마음이었는지, 무슨 이야기를 하고자 했는지 이해할 수 있었다.

감정은 세상에서 가장 강력한 의사소통 채널이다. 백마디 말보다 상대가 보여주는 감정을 통해 무슨 말을 하고자 했는지 어떤 기분인지를 더 잘 파악할 수 있다. 감정은 우리의 생각과 기분, 행동을 지배한다. 그리고 세상에서 가장 컨트롤하기 어려운 것이 바로 '감정'이다. 우리가 누군가를 사랑하는 마음, 질투하는 기분, 화나는 마음 등의 감정이 생기는 것을 컨트롤하지 못하는 것도 그 때문이다.

사람이 좋은 감정이 생기면 누가 시키지도 않았는데 얼굴이 밝아지고 웃음이 저절로 나온다. 행동도 긍정적이고 열린 자세가 된다. 이해심도 깊어진다. 그러나 부정적인 감정은 사람으로 하여금 어두운 얼굴과 무뚝뚝한 말투, 그리고 닫힌 자세를 불러일으킨다.

살다 보면 우리는 쉽게 이런 경험을 할 수 있다. 가게에 무엇인가를 사러 갔는데 직원이 귀찮은 감정을 마구 드러내면서 있다. 이런 경우 비록 그 직원이 아무 말을 하지 않아도 기분이 상하게 된다. 반대로 직원이 별말을 하지 않아도 웃으면서 대하고 밝은 에너지를 보여준다면 손님으로서 나에게 무엇을 해줘서가 아니라 그냥 기분이 좋아질 것이다.

이런 감정의 힘은 서로 다른 언어를 쓰든지 같은 언어를 쓰든지에 상관없이 통한다. 사람은 상대가 진정으로 나를 대하는지 아닌지를 상대가 쓰는 언어가 아닌 그 사람이 보여주는 감정을 통해서 더 잘 파악하게 된다.

비행을 하다 보면 종종 내 경우처럼 서로 다른 나라 말로 대화를 하는 것을 자주 목격할 수 있다. 얼마 전 한국 비행에서 이탈리아 출신 승무원이 우리 한국 아주머니와 대화하는 것을 보았다. 승무원은 영어로, 한국

에티하드 항공 승무원들과 즐거운 비행 중

손님은 한국말로 말이다.

그 모습을 지켜보고 있으니 그 승무원이 참 귀여웠다. 나중에 무슨 말을 하는지 알아들었던 거냐고 물어보니, 당연히 알아듣지는 못했지만 대충 파악은 했다고 웃으며 대답했다. 손님이 긴 비행에 지쳐서 힘들다고 하신 것 같단다. 그래도 유럽여행은 즐거웠다고 했다는 말도 곁들였다.

✈

이런 경험은 어린 아이들과 아주 자주 한다. 이제 막 말문이 튼 친구들과 나는 영어로, 어린 친구들은 자국어로 이야기하는데 이상하게도 공감이 가고 말이 통한다.

이렇게 국적, 인종, 나이를 넘어서 우리가 서로 이해하고 공감할 수 있는 것은 바로 우리에게 '감정'이라는 것이 있기 때문이다. 좋고 싫고 등의 사람이 느끼는 감정은 국적, 인종, 나이를 불문하고 같기에 가장 강력한 의사소통 수단이 되는 것이다.

우리가 상대방의 감정에 조금 더 귀를 기울이고 열린 마음으로 들으려고 노력한다면, 비록 서로 다른 언어를 구사한다고 해도 우리는 충분히 그들에게 공감하고 이해할 수 있게 될 것이다.

세계 각국의 사람들에게서 삶을 배우다

사람들은 저마다의 스토리와 이유를 가지고 비행기를 탄다. 어떤 이들은 비즈니스 미팅을 위해서, 어떤 이는 가족을 만나기 위해, 어떤 이는 여행을 위해서, 어떤 이는 다른 나라에 일을 하러 가기 위해서 비행기에 몸을 싣는다.

중동은 특히 타국에서 일하러 온 사람들이 많다. 그래서인지 비행기 안에서 일하러 아부다비로 향하거나 고국에 휴가를 가는 사람들을 종종 만난다. 몇 해 전, 아부다비에서 방글라데시의 수도 다카로 가는 비행에서 그 나라 국적의 손님을 만난 적이 있다. 탑승할 때부터 싱글벙글 웃으며 들뜬 마음으로 모국으로 돌아가는 이 젊은 손님을 보면서 그가 지금 얼마나 행복한지를 느낄 수 있었다.

우연히 갤리에서 이 손님과 이야기를 하게 되었다. 아부다비에서 2년 동안 일하다가 지금 두 달 휴가를 받아서 돌아가는 길이라고 했다. 딸이 너무 너무 보고 싶다면서 딸 사진을 보여주는 그 손님의 얼굴에서 미소가 떠나지 않았다. 언제 마지막으로 봤냐고 물어보니 실제로는 한 번도 못 봤다는 것이다. 자신이 일을 위해 떠나고 얼마 지나지 않아 딸이 태어나서 아직 한 번도 보지 못한 것이었다.

태어난 지 일 년이 훌쩍 넘은 자식을 한 번도 보지 못하고 먼 타국에서 일한 그의 아픔과 책임감이 얼마나 컸을지 알기에 순간 눈물이 핑 돌았다. 딸에게 먹일 분유(다카나 인도 등에서는 분유 값이 아부다비의 몇 배라고 한다. 그래서 보통 자국으로 돌아가면서 분유를 많이 사가지고 간다)를 한가득 사가지고 가는 그를 보면서 많은 생각이 들었다.

공사장 노동자로 일하는 그는 자신의 가족들을 위해서 먼 타국에 와서 하루 10시간이 넘게 땡볕 아래에서 고된 노동을 한다. 그렇게 번 돈은 한화로 한 달에 30만 원이 채 되지 않는다. 그 월급 중에서 20~25만 원 가량을 매달 자국으로 송금한다고 한다. 그러면서 자신의 월급을 일 년 동안 모아서 자기 고향에 집도 샀다면서 자랑스러워하는 그를 보고 순간 가슴이 뭉클해졌다.

이번에 갔다 오면 2년 동안 또 못 보기에 매일 딸하고 같이 있을 것이라고 하는 그에게 나는 참 바보 같은 질문을 했다.

"부인하고 딸을 아부다비로 한번 오라고 하는 건 어때?"

항공사 승무원 유니폼 입고 아들과 한 컷

그는 그러고 싶지만 자신의 몇 달 월급인 비행기 값도 문제이지만 여기 오면 같이 지낼 곳도 없다고 했다. 지금 8명이서 한 방에서 같이 지내는데 가족이 오면 거기서 함께 지낼 수 없기에 비행기 값이 있어도 안 된다는 것이다. 하지만 자신이 번 돈으로 부모님과 부인 그리고 사랑스러운 딸이 고향에서 편하게 살 수 있기에 행복하다고 하는 그를 보며 반성하지 않을 수 없었다.

나 역시 눈에 넣어도 아프지 않은 사랑하는 아들을 한국에 두고 아부다비에 일하러 왔다. 하지만 나는 매달 한국을 들어간다. 많게는 3~4번 정도 한국을 갈 수 있다. 2년에 한 번밖에 가족을 보지 못하는 그에 비하면 나는 호강을 누리고 있었던 것이다.

✈

나는 그가 받는 월급의 몇 배를 받으면서 일하고 있다. 숙소도 30~40평이 되는 곳에서, 개인 화장실이 딸린 방에서, 그것도 무료로 머무르고 있다. 물론 그와 나를 동등한 입장으로 두고 비교할 수는 없지만, 분명 나는 그보다 훨씬 좋은 조건에서 일하고 있다. 그럼에도 나는 불평, 불만을 늘어놓고 있었다. 감사함을 잊고 있었던 것이다. 그런 내 자신이 너무 부끄러워지는 순간이었다.

그는 자신의 환경에서 최선을 다하면서 살고 있었다. 아니, 최선 그 이상의 노력을 하고 있었다. 가족을 위해서 말이다. 이야기를 하는 내내 그의 얼굴에선 어떤 불평도 불만도 보이지 않았다. 그저 행복해보이고 이렇게 일하면서 자신의 가족을 보살필 수 있음에 대한 감사함만이 보였다. 아직 보지도 못한 딸과 오랫동안 보지 못한 가족, 그리고 자신이 보낸 돈으로 새로 산 집을 볼 마음에 비행 내내 그의 얼굴에서 미소가 떠나지 않았다.

자신이 가진 것에 감사하는 마음은 행복을 끌어들인다. 하지만 아무리 많은 것을 가지고 있어도 감사하지 못하고 불평과 불만에 가득 찬 마음으로 바라본다면 불행해질 뿐이다.

나는 그를 통해서 겸손과 감사의 마음을 가지는 것의 중요함을 다시 한 번 깨달을 수 있었다.

한 번은 방콕 비행을 가는데 프랑스 남자 둘이 큰 백팩을 들쳐 메고 비행기를 탔다. 누가 봐도 방콕으로 여행을 가는 것이었다. 서비스를 하면서 신이 나 있던 두 남자 손님에게 방콕에서 뭐할 것이냐고 물으니 대답이 정말 상상 그 이상이었다.

우선 태국에서 한 달 정도 있을 예정인데, 난생 처음 들어본 태국의 섬들을 말하면서 거기를 돌면서 스노쿨링도 하고 스쿠버다이빙 자격증에도 도전할 것이라고 한다. 그리고 말레이시아와 인도네시아도 같이 돌아볼 예정이란다. 얼마나 있을 예정인지 물어보니 정확하게 정한 것은 없지만 한 반년 정도 동남아시아에 있는 나라들을 여행하는 것이 계획이라고 했다.

갑자기 일이 궁금해졌다. 학생이냐, 직장인이냐 물으니 직장을 한 2년 다니다 그만두고 여행길에 올랐단다. 두 명 모두 말이다. 오직 여행을 위해서 직장을 그만둔 것인지 물으니 그렇단다. 정말 놀라웠다. 한국에서는 정말 상상도 할 수 없었던 일이기에.

그동안 열심히 일했으니 이제 열심히 즐기면서 시간을 보낼 때라고 하면서, 자신이 모든 돈으로 6개월 동안 스쿠버 자격증도 따고 기회가 된다면 다른 나라 언어도 배우고 싶단다.

그들은 일은 인생을 즐기기 위해서 하는 것이지 일에 종속되어서 살아서는 안 된다는 확고한 신념이 있었다. 그들의 신념과 선택, 결단력에 박수를 보내고 싶었다.

이렇듯 비행을 하다 보면 각양각색의 삶을 사는 사람들을 만난다. 그들과의 대화를 통해서 삶에 대한 다양한 생각과 시선을 듣고 보게 된다. 그리고 각자의 삶에 최선을 다해, 또는 다르게 살아가는 방식을 보면서 여러 가지 생각이 들곤 한다.

세상의 사람들은 각자의 신념에 따라 자신의 삶을 열심히 만들어가고 있는 것이다. 누군가는 가족에 대한 책임감을 크게 생각하고, 누군가는 일에 대한 성취를, 또는 삶의 즐거움을 중하게 여긴다. 하지만 모두 자신의 환경에서 열정을 다해서 열심히 살아가고 있다는 것은 똑같았다.

결국 인생은 스스로가 선택하고 그 선택에 최선을 다해 열정적으로 살아가야 하는 것이다. 나의 인생을 누가 만들어 주는 것도 아니고, 대신 선택해 주는 것은 더더욱 아니기 때문이다. 때로는 그 선택이 잘못된 결과를 가져올 지도 모른다. 기대하지 않았던 부정적인 결과를 가져올 수도 있다. 하지만 중요한 것은 그 역시도 본인이 책임을 져야 한다는 것이다. 그 부정적인 결과마저도 책임지고 그 안에서 배우려고 노력한다면 그 다음 선택은 분명 더 나은 선택을 하게 될 것이다.

이렇듯 자신이 한 선택에 대한 책임마저도 본인 스스로 질 때 배우고 성장할 수 있다. 그리고 감사함으로 열정을 다할 때 비로소 나의 인생을 제대로 살게 되는 것이다.

비행 전 에티하드 항공 승무원, 조종사들과 함께

4

있는 그대로의 나를 사랑하게 되는 일

승무원으로 하늘을 수놓은 지 벌써 10년이 되었다.
그 시간 동안 다양한 경험을 하고 많은 일들을 겪었다. 그 시간은 나를 생각하게 하고 배우게 했다. 넘어지면 일어나는 법을, 그냥 무조건 받아들이는 것이 아니라 생각하는 법을 배웠다. 승무원의 직무와 나라는 사람에 대한 생각은 더 깊어졌다. 삶과 일에 대한 열정은 커졌다. 커진 열정만큼 노력은 배가 되었다. 그 결과 직위가 오르고 자존감이 높아졌다.

일상을 여행으로 사는 여자

"선생님, 오늘은 어디세요?"

어느 날, 제자가 물었다. 그 친구는 내가 어디를 비행하고 어디에 있을지가 가장 궁금하다고 한다. 이 말에 나도 모르게 미소를 살며시 지었다.

승무원은 전 세계를 여행하는 대표적인 직업이다. 5시간 이상이 되는 비행에서는 무조건 해당 나라에 머물러야 한다는 규칙으로 인해서 우리는 길게는 이틀 짧게는 하루 정도 목적지에 머무른다. 머무르는 동안의 시간은 온전히 우리들의 것이다. 나가서 관광을 즐기고 싶으면 그렇게 하면 되고, 호텔에서 피로를 풀고 싶으면 그래도 된다. 이런 직업의 특성으로 인해 많은 이들이 이 직업에 매력을 느껴 승무원을 꿈꾼다.

독일의 잘 정리된 슈퍼마켓

나는 지금까지 비행하면서 족히 80여 개국에 가보았다. 처음 비행을 시작했을 때는 호텔에 도착해서 옷만 간단히 갈아입고 다른 승무원들과 함께 나가서 관광을 즐겼다. 영화 속에서나 보던 유명한 장소를 구경하고, 다른 승무원들과 사진도 찍고 맛있는 음식도 먹으면서 즐거운 시간을 보냈다. 생소하던 나라에 직접 가서 그 나라 사람들과 이야기를 나누고 그들이 먹는 걸 먹고 있는 내 모습이 신기하기도 했다.

20대 중반이었던 나는 체력도 좋았다. 그래서 하루 종일 비행하고 나서 바로 나가는 것이 체력적으로 무리가 없었다. 베니스에서 곤돌라도 타고, 알프스가 보이는 스위스의 어느 현지 식당에서 퐁듀도 먹고, 남아공의 만델라 동상 앞에서 사진도 찍고 방콕의 마사지와 야시장을 즐기는 삶, 멋지지 않은가?

그렇게 난 승무원이 되어 나의 20대를 전 세계를 누비면서 인생의 도화지에 멋진 그림들로 채워 갔다.

여행을 할 수 있다는 즐거움, 그것도 공짜로 비행을 가서 회사에서 제공해주는 4~5성급 호텔에 묵으며 지내는 즐거움은 비행에서 오는 스트레스와 힘든 업무를 이겨내게 해준다.

현지에 도착하자마자 관광객 모드가 되어서 이리저리 고개를 돌려가며 "와우!"를 연발하던 주니어*갓 들어온 승무원을 지칭한다*에서 시니어*비행 경력이 어느 정도 있는 승무원을 지칭한다*로 넘어가면 이 즐거움에 다른 의미가 더해진다.

10년 차 승무원인 나는 지금은 관광객 모드가 되어 더 이상 현지를 돌아다니지 않는다. 같은 장소를 지속적으로 가는 경우도 있어서 그렇기도 하지만 어느새 여행에 익숙해지면서 함께가 아닌 혼자의 시간을 즐기는 편이다.

✈

나에게는 특정 나라마다 루틴이라는 것이 있다. 쿠알라룸푸르로 가서 호텔에 도착하면 우선 샤워를 간단히 하고 책과 노트북을 들고 로비에 위치한 커피숍으로 향한다. 거기서 커피와 함께 책을 1~2시간 정도 보고 나서 1층에 위치한 일본 음식점으로 향한다. 식사를 하면서 책을 보다 식사가 끝나면 다시 커피숍으로 내려간다.

다시 책을 읽거나 원고 작업을 하기도 하고, 자고 일어나서 먹을 샌드위치를 사가지고 방으로 올라오거나 호텔 앞을 산책하기도 한다. 호텔방에서 스카이프로 아들과 통화를 하고 회사 업무도 본다. 다음 날에는 스케줄에 따라 아침 뷔페를 즐기거나 미리 사 둔 샌드위치로 간단하게 요기를 하고 비행 갈 준비를 한다.

쿠알라룸푸르 비행이 많이 나올 때는 한 달에 3~4번도 나온 적이 있고 매달 한 개씩 나오는 편이었기에 이렇게 루틴이 생기게 되었다. 가끔 오랜만에 방문을 하면 직원이 "오랜만에 오셨네요"라고 말할 정도로 친숙한 루틴이 되었다.

나의 다른 루틴은 뮌헨에도 있다. 한국을 제외하고 내가 가장 좋아하는 곳인 독일, 그중에서도 나는 뮌헨 비행을 참 좋아한다. 우선 친한 언니가 결혼해서 살고 있어서 언니를 만나는 즐거움이 한몫 한다. 이 외에도 나는 이곳에서 나만의 일상을 즐기는 맛에 뮌헨 비행이 늘 좋다.

우선 호텔에 도착하면 제일 먼저 슈퍼마켓으로 향한다. 나에게 있어 비행의 즐거움 NO.1은 식료품 쇼핑이다. 독일에는 모든 것이 맛있고 신선하다. 우유부터 시작해서 과일, 요거트, 햄, 소시지, 핸드크림, 스타킹

등 모든 것이 최고의 품질을 자랑한다. 그렇다 보니 나는 두 번에 걸쳐서 늘 쇼핑을 즐긴다. 한꺼번에 다 들고올 수 없기 때문이다.

다행스럽게 우리 호텔 바로 앞에 독일 최대 슈퍼마켓이 있다. 이 슈퍼마켓을 이용한 지 벌써 10년이 다 되어간다. 운명인 건지 뮌헨의 에미레이트 항공 숙소와 에티하드 항공 숙소가 같은 호텔인 덕분이다. 그렇게 1차 쇼핑을 하고 방에 가져다 놓고 그 앞거리에 있는 레스토랑에 가서 식사를 하고 커피도 마신다. 가끔은 아무것도 안 하고 따뜻한 햇살을 즐기기도 하고 책도 본다.

독일에 사는 언니가 일을 쉬는 날이면 우리는 늘 함께한다. 뉴질랜드에서 일할 때 만난 언니와의 인연은 벌써 15년이 다 되어 간다. 머무르는 시간이 길 때는 언니의 집에 가서 식사도 하고 수다도 떨면서 회포를 풀고 시간이 짧을 때는 주로 언니가 호텔에 온다. 외국에서 친구를 만나는 기쁨은 두말할 것 없이 큰 행복을 준다.

이렇듯 비행은 나에게 특정 장소에 루틴을 만들어 주었다. 하나의 일상이 된 것이다. 이렇게 연고도 없고 살지도 않는 곳에서 나만의 루틴이 생기다니 멋진 일이 아닌가?

이것이 내가 10년 동안 비행을 즐기면서 하는 가장 큰 이유일 것이다. 나에게 비행은 일을 가는 것을 넘어, 여행 가는 것을 넘어 또 다른 나의 일상을 만끽하러 가는 것이다. 그렇기에 나는 비행을 가는 것이 늘 편하고 자연스럽다. 매달 스케줄이 나오면 비행을 체크하고 각 나라별 나의 일상을 체크한다. 그리고 즐거운 마음으로 비행길에 오른다.

불규칙한 삶을 사는 승무원이라는 직업은 정신적으로 스트레스도 많이 받고 외로움도 많이 느끼는 직업이다. 그럼에도 불구하고 늘 새로운 또는 익숙한 곳으로 비행을 가서 그 나라의 삶을 맛보고 즐길 수 있다는 사실은 늘 나에게 일에 대한 큰 원동력을 준다. 남들은 일 년에 한 번 갈까 말까 하는 곳을 많게는 한 달에 두세 번씩 가서 여행도 즐기고 루틴도 만들면서 꿈같은 삶을 살 수 있으니 말이다.

같은 환경에서도 사람은 다른 것을 보고 느낀다. 어떤 승무원은 여행도 이런 루틴도 지겹고 무료해 한다. 반복되는 비행이 지겨워졌기 때문이다. 하지만 나는 이런 루틴을 10년이 지난 지금도 즐기고 있다. 오히려 해가 거듭될수록 감사하다. 그만큼 다양하고 많은 나라에 나의 루틴을, 나의 일상을 만들어가는 즐거움을 선사해 주었기 때문이다.

승무원을 꿈꾸는 당신에게 나는 이 말을 해주고 싶다.

"많은 곳에 당신만의 루틴을 만드세요. 그리고 그 일상을 즐기세요."

나는 오늘도 또 다른 나의 일상을 즐기러 비행 갈 준비를 한다.

✈

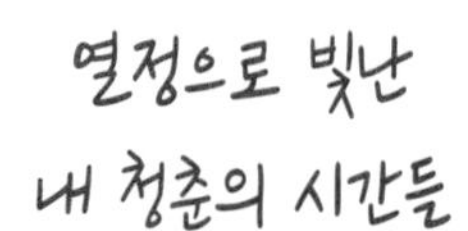

열정으로 빛난 내 청춘의 시간들

나는 현재 부사무장으로 비행을 하면서 아이들을 가르치고 월드잡의 K-Move라는 해외취업프로그램에서 멘토로 활동 중이다. 동시에 개인 저서와 영어 및 승무원 관련 책을 쓰고 있는 작가이자 한 아이의 엄마이다.

어제는 아부다비에서 비행을 하고 오늘은 한국에 와서 강의를 한다. 중간 중간 책을 쓰면서 아들과의 시간을 최대한 즐긴다. 또한 자기 계발을 위해서 한국에서 틈틈이 강의도 듣는다. 그리고 시간을 만들어 늘 책을 읽는다. 내가 승무원이 되어서 읽은 책이 그 전에 읽었던 책의 몇 배는 될 것이다. 이런 내 모습에 제자들은 이런 질문을 자주 한다.

"선생님, 이렇게 바쁘신데 피곤하지 않으세요?"

이 질문에 나는 늘 얼굴 가득 미소를 띠며 당당하게 대답한다.

"전혀, 오히려 바쁠 수 있는 지금이 너무 행복하다."

현재 나는 격정의 20대를 지나 열정의 30대를 살고 있다. 그리고 멋지고 화려할 40대를 준비하고 있다. 나는 10대의 내 모습보다 20대의 내가 좋다. 20대 초보다는 20대 중후반의 내 모습이 좋다. 20대보다는 지금의 나, 30대 후반의 내가 좋다.

나는 과거의 어느 순간으로 돌아가고 싶지 않다. 이유는 간단하다. 지금의 내가 자랑스럽고 좋기 때문이다. 그리고 과거로 돌아간다고 해도 내가 지금까지 살아온 것보다 더 열심히 살 수 있을 것 같지도 않다.

물론 아쉬운 순간은 있지만 충분히 열정적으로 늘 발전하기 위해서 노력하며 살아 왔기에 후회하지 않는다. 내가 겪어온 실패와 좌절, 그리고 아픔들은 나를 정신적으로 성장하게 만들어 주었다. 그 시간들을 통해 내가 힘든 와중에도 포기하지 않고 성장하기 위해 노력하는 사람이라는 것을 알게 되었다. 또한 어렵고 힘들었던 시간 속에서 더 큰 희망과 재능을 발견할 수 있었다.

그 결과 지금의 내가 이 자리에 있을 수 있기에 나는 과거로 돌아가고 싶지 않다. 과거로 돌아가 현재를 바꿀 시간에 나는 현재에 최선을 다하면서 앞으로의 미래를 바꿀 것이다.

나의 10대는 참 무난했다. 영화 속 드라마틱한 일들은 거의 생기지 않았다. 별 탈 없이 졸업하고 대학에 갔다. 20대 초의 나의 삶은 겨울과 여름의 연속이었다. 힘들고 아프거나 열정적이고 희망적이었다. 그때는 뭐가 그렇게 힘이 들었는지. 그냥 다 힘들었다. 이상과 목표는 컸지만 가진 것도 없고 이룬 것도 없었다. 그래서 현실과 이상의 사이에서 괴리감도 많이 느꼈다. 아무것도 이룬 것이 없는 내 모습에 좌절하고 내가 '실패자' 같은 생각에 세상이 싫었었다.

'나는 열심히 사는데 왜 나에게만 이런 일들이 생기는 것이지?' 하면서 세상을 탓하기도 했다. 거울 속에 비친 내 모습이 너무 초라해 보여서 한 달 동안 거울을 보지 않은 적도 있다. 친구도 안 만나고 밖에 전혀 나가지 않은 적도 있다. 그러다가도 다시 정신 차리고 목표를 설정하고 계획을 세우고 뭐라도 했다. 얼마 후, 또 좌절하고 무너지고 다시 일어서기를 무한 반복했다. 작심삼일을 매주 반복했다. 그렇게 한 달을 살고 일 년을 살았다.

뭔가는 열심히 하면서 살고 있는 것 같은데 그에 비해 성과가 없는 내 모습이 오죽 안쓰러워 보였으면 어머니께서 점까지 보고 오셨을까?

하지만 나는 무너질지언정 절대 포기할 수는 없었다. 그래서 또 도전하고 도전했다.

무슨 도전이었냐고? 거창한 도전은 없었다. 공부에 대한 도전, 자격증에 대한 도전, 직업에 대한 도전 등 지금 당신이 하고 있는 도전들과 다를 바 없는 일상적이지만 중요한 것들이었다.

영어에 대한 갈망으로 혈혈단신 뉴질랜드로 떠나 고군분투한 하루하루가 도전의 연속이었다.

남자들도 체력적으로 힘들어서 한 달을 못 버틴다는 디시워셔 일도 멋지게 해내고 홀 서빙으로 승진한 일, 그 카페에서 일하면서 돈 주고도 받기 힘들다는 워크 비자까지 받았던 일. 서바이벌로 동료들에게 손님에게 영어를 배우고 혼자서 뉴질랜드의 본격적인 삶을 꾸리면서 성장한 일. 이 모든 일들이 나에게는 도전이자 크나큰 성취였다.

지금도 10여 년 전의 내 모습을 회상하면 참 기특하다. 죽을 만큼 힘들었지만 죽을 만큼 행복했다. 무언가를 이뤄냈다는 기쁨에 피곤함에 쓰러져 잘지언정 그 시간이 소중했다. 꺼지지 않는 열정으로 살아온 그 시간들은 나에게 더 나은 삶의 가능성을 열어주었다. 조그만 성취감이 나의 삶과 성장에 대한 열정에 불을 지핀 것이다. 그리고 그 열정은 자존감 상승이라는 결과를 가져왔다. 내가 나를 사랑하는 법을 깨닫기 시작한 것이다.

'열정을 느끼는 뭔가에 몰두하다 보면 삶이 바뀔 수 있고, 손을 뻗어 하늘에 닿을 수 있다.'

무대 공포증으로 공개 연주활동을 중단했다 다시 재기한 90세 피아니스트 시모어 번스타인Seymour Bernstein의 말처럼 나는 영어라는 열정으로 시작한 외국 생활에 무한 매력을 느꼈다. 그 열정은 나에게 에미레이트 항공 승무원이라는 길을 열어주었다. 나의 삶이 조금씩 바뀌어 가고 있었던 것이다.

승무원 지망생 특별강의

물론 삶은 항상 좋고 행복한 일만 생기지도 계획한 대로 정확하게 흘러가지도 않는다.

에미레이트 항공의 승무원이 되어 3년 동안 하늘을 누비다가 엄마라는 고귀한 직업으로 지상으로 내려왔다. 삶에 아주 큰 변화가 생긴 것이다. 하지만 삶은 그렇게 녹록하지 않았다. 아이를 낳고 엄마가 되어 보니 책임감이 무엇인지를 전혀 다른 관점에서 보게 되었다. 아이를 낳고 정확하게 2개월 뒤부터 집에서 할 수 있는 전화영어 강사로 일했다. 다음해 봄이 되자 승무원 영어면접 강사 일을 같이 병행하기 시작했다.

아이를 보면서 낮에는 승무원 영어면접 강사로 밤에는 전화영어 강사로 일하면서 쉽지는 않았지만 힘들다고 생각하지 않았다. 혼자 아이를 키워야 했기에 경제력이 필요했다. 그 때문에 오히려 무언가 할 수 있는 일이 있다는 사실이 소중하게 다가왔다.

'역경은 당신에게 생각할 수 없는 것을 생각하게 할 용기를 준다'

인텔의 최고경영자였던 앤디 그로브*Andras Istvan Grof*의 말처럼 나는 내가 처한 환경 안에서 다양한 생각들을 하게 되었고 끊임없는 도전을 했다.

아이와 나를 위해 더 나은 삶을 살고자 다시 승무원이 되기로 마음을 먹었다. 그리고 도전했다. 에티하드 항공에 조인하면서 나는 에미레이트 항공 시절 단 한 번도 꿈꿔 본 적 없는 사무장이라는 목표를 세우게 되었다. 글 쓰는 것에는 재능이 하나도 없는 내가 내 이름으로 된 책을 쓰겠다고 꿈을 꾸었다. 누군가의 삶을 바꾸는 데 도움이 되는 사람이 되리라 마음먹었고, 멋진 딸이자 자랑스러운 엄마가 되겠다고 다짐했다. 그리고 이 모든 것에 도전하기 시작했고 하나씩 이뤄내고 있다.

힘든 시간들 속에서 자신을 단단히 성장시키는 법을 배웠고 뭐든 열심히 해야 한다는 것을 깨우쳤다. 앉아서 내가 처한 환경을 탓하고 있을 수만은 없었다. 그런다고 상황이 나아지지 않는다는 것을 배웠기 때문이다. 하나씩 하다 보니 두 개를 하고 있었고, 두 개를 하다 보니 하나를 더 해 세 가지를 동시에 하는 것이 어렵지 않게 되었다.

물론 처음은 누구나 어렵고 힘들다. 처음에 일을 시작할 때는 죽을 만큼 힘들었다. 하지만 사람이란 참 신기한 면이 있다. 익숙해지면 금세 괜찮아진다는 것이다.

처음 비행을 시작했을 때, 비행이 끝나면 너무 힘들어서 10시간 이상을 잤다. 다른 건 아무것도 못할 것처럼 피곤했다. 그런데 지금은 10년이라는 세월이 지났지만 나는 10년 전보다 더 많은 일을 한다. 비행한 뒤에 3~4시간만 자도 멀쩡하다. 그리고 남는 시간을 책 작업을 하거나 강의와 관련된 일을 한다. 하루에 많이 자면 6~7시간이고 못 잘 때는 3시간 넘게 못 잔 적도 많다. 죽을 것 같지만 절대 죽지 않는다. 신기하게도 완전 멀쩡하다.

체력이 좋아진 것이 아니다. 그만큼 열정이 커지고 시간관리능력이 좋아진 것이다. 거기에 정신력은 더 강해졌다. 성취감이라는 달콤한 녀석을 맛보고 나니 계속 맛보고 싶어진 탓에 하고 싶은 것들이 점점 늘어나기 시작했다. 그에 맞춰 나는 달렸다.

열정으로 청춘을 보낸 나의 20대, 30대는 너무 아름답고 찬란하게 빛났다. 하지만 여전히 나는 과거로 돌아가고 싶지 않다. 대신 그 시간들을 믿고 열정을 다해 달려와 준 나에게 감사하다.

나는 앞으로 하고 싶은 것들이 너무나 많다. 내가 지금까지 이룬 것들은 빙산의 일각에 불과하다. 내 열정의 시계는 여전히 힘차게 돌아가고 있다. 그래서 나는 내 앞으로 펼쳐질 미래가 더 기대된다.

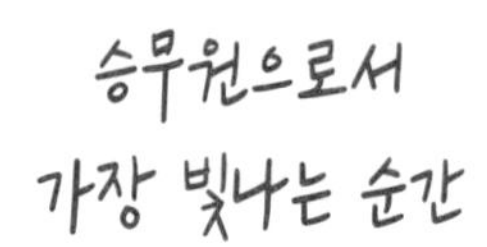

"율이 어머니, 혹시 시간 되시면 언제 한번 유치원에 직업 특강 해주시러 오실 수 있나요?" 하고 율이 유치원 담임 선생님이 연락을 주셨다.

당연히 나는 한 치의 망설임 없이 "그럼요"라고 대답하고 직업 특강을 준비했다. 반 아이들에게 보여줄 비행 관련 사진과 외국인 동료들과 유니폼을 입고 함께 찍은 사진 여러 장으로 자료를 만들고 유치원을 찾았다.

들어가면서부터 아이들의 관심은 당연 나와 율에게 쏠렸다. 여기저기서 "와아, 율이 엄마 승무원이다" "율 엄마 멋져요" "율 엄마 승무원이라 좋겠다"라는 말들이 쏟아져 나왔다. 슬그머니 아들을 엿보니 의젓하게 앉아 있었지만 얼굴에는 미소가 한가득이었다. 그 모습을 보고 있으니 흐뭇해졌다.

승무원이라는 직업에 대해 이야기를 나누고, 외국인들과 찍은 영상과

율이 유치원 직업 특강 중인 저자

사진 속의 나를 보고 신기해하던 아이들을 보고 있으니 기분이 묘해졌다. 유치원생 어린 아이들의 눈에서도 승무원은 멋진 직업이었던 것이다. 특강을 마치고 환호를 뒤로 한 채 집으로 돌아왔다.

한참 있다가 수업이 끝나고 율이가 집에 오더니 "엄마, 아까 엄청 멋졌어"라고 말하면서 나를 꼭 안아주었다. 가슴 깊은 곳에서 뭉클한 것이 불쑥 올라옴을 느낄 수 있었다. 그리고 내가 승무원이라는 사실이 너무 뿌듯했다.

한국에 오면 나는 꼭 아들을 학교에 데려다 주고 데리러 간다. 평소 못하기 때문에 한국에 오면 내가 꼭 챙기는 것 중의 하나이다. 지금 초등학교 2학년인 율이는 평소에는 학교에 혼자 가겠다고 하지만 내가 오면 같이 간다. 내가 좋아한다는 것을 알고 있기 때문이다.

종종 율과 함께 학교를 향하거나 끝나고 집에 오다 보면 율이 반 친구들을 만난다. 나와 함께 있는 율을 보면 "율이 엄마 승무원이라 좋겠다" "승무원 엄마 왔네"라는 말을 한다. 그때 내 아들 얼굴에 보이는 미소는 늘 나에게 뭔지 모를 뿌듯함을 안겨준다.

처음 비행을 시작했을 당시, 율은 한국나이로 고작 3살이었다. 비행으로나 오프 때 한국에 왔다 돌아가는 길은 늘 힘들었다. 말도 잘 못하는 녀석이 엄마 가는 건 어찌 느꼈는지 집을 나서려고 하거나 공항 가는 버스에 올라타려 하면 큰 소리로 울면서 가지 말라는 듯 손을 휘저었다. 그렇게 돌아가는 길은 늘 힘들고 아팠다.

내가 과연 잘하고 있는 것인지에 대한 의문과 함께 돌아가는 버스 안에서 비행기 안에서 참 많이 울었다. 지금도 그때 생각을 하면 그 감정이 떠올라 눈물이 차오른다.

그렇게 6년여의 시간이 흘렀다. 엄마가 무엇을 하는지 직접 눈으로 보고 들어온 율은 엄마인 나를 자랑스러워한다.

어느 날, 아부다비에서 어머니와 율이랑 시간을 보내고 함께 한국으로 들어오는 비행기에 탔다. 나는 승무원으로 비행을 했고 어머니와 율이가 손님으로 탔다. 비행기에 타고나서 모든 승무원들이 율이랑 어머니에게 찾아와 정중하게 인사를 하는 모습을 보고 율이 할머니에게 이렇게 말했단다.

"할머니, 엄마 되게 높은 사람인가봐. 사람들이 다 우리를 특별하게 대해준다. 우리 엄마 멋지다."

나중에 어머니를 통해 이 이야기를 듣고 고군분투했던 지난 시간들이 결코 헛되지 않았다는 생각에 뿌듯함이 밀려왔다. 마치 내 아들이 나에게 '엄마 잘하고 있어요'라고 해주는 것 같았다. 그랬다. 나는 그동안 아주 잘해오고 있었던 것이다.

나는 부모님에게 많은 폭탄과 아픔을 안겨 드렸다. 부모로서 자식의 이혼을 보는 것만큼 마음 아픈 일은 없을 것이다. 더욱이 태어난 지 얼마 되지 않은 갓난애를 데리고 말이다. 하지만 나의 선택을 존중해 주셨고 그 아픔을 감내하셨다.

그리고 내가 다시 승무원이 되겠다고 하자, 나와 내 아들을 위해서 어머니는 과감히 당신의 일을 그만두셨다. 그리고 율이의 육아를 오롯이 맡으셨다.

평생 일만 하시면서 당신은 여유라는 것을 즐겨본 적이 없으신 내 부모님. 자식을 위한 희생을 당연히 생각하시는 그 분들을 위해 나는 자랑스러운 딸이 되겠노라 수없이 다짐했다.

승무원이 되어 비행을 하고, 강의를 하고 책을 쓰면서 최선의 최선을 다한 삶을 살았다. 나태해지거나 무너지려고 하면 나는 내 부모님과 내

두바이 여행에서 어머니, 아버지, 아들과 함께

아들을 생각했다. 승진이 내 뜻대로 되지 않아 좌절하기도 했다. 주변에서 자식을 두고 온 여자 취급하는 소리를 들을 때는 억장이 무너지고 가슴이 저렸다. 하지만 내가 아부다비에 있는 이유를 다시 한 번 되새기며 또 일어났다.

그렇게 열심히 일하고 모은 돈으로 부모님의 집을 조금 더 큰 곳으로 옮겨 드렸다. 아버지가 암수술을 하시고 나서는 조금 편하게 일하시게 하고픈 마음에 개인택시를 사드렸다. 그리고 작년에는 어머니가 타던 것보다 한층 업그레이드 된 중형세단으로 새 차를 뽑아드렸다. 현재 어머니와 내 명의의 집을 한 채씩 분양받아 놓은 상태이다.

얼마 전에는 JTBC라는 방송국에서 해외 취업 관련해서 승무원으로 일하는 내 모습을 찍고 싶다고 연락이 왔다. 비행하는 모습, 가족과 시간을 보내는 모습 그리고 가족 인터뷰도 담긴 영상이 전국으로 방송이 되었다. 그 방송을 보고 어머니는 가문의 영광이라면서 엄청 기뻐하셨다. 당신의 딸이 승무원으로 잘해오고 열심히 살아 왔기에 이런 좋은 일이 생기는 거라면서.

그 방송 이후 어머니는 동네 유명인이 되셨다. 축하 인사에 하루 종일 전화기를 놓지 못하실 정도였다. 방송에 자신의 인터뷰가 나오자 아들 율은 쑥스러워하면서도 신기해했다.

이렇게 승무원이라는 직업을 통해서 나는 명성뿐만 아니라 경제적으로 내가 가족에게 큰 힘이 되어 줄 수 있었다. 이런 모습을 보고 자식이 이혼했다면서 혀끝을 차던 사람들이, 자식이 그렇게 돼서 어떻게 하냐면서 쓸데없는 걱정을 하던 사람들이 지금은 자식 잘 키웠다면서 우리 부모님을 부러워한다고 한다.

여유 있게 일하시는 아버지와 율이를 돌보면서 개인 취미 활동을 즐기시며 삶의 여유를 찾아가고 계신 어머니를 보는 것만큼 즐거운 것은 없을 것이다. 또한 세상에서 엄마가 제일 멋지다는 아들을 둔 행복감은 말해 뭐하랴.

삶은 내가 만들어가는 것이다. 남들의 시선과 그들의 생각은 중요하지 않다. 나는 내 인생을 위한 선택을 했다. 어떤 선택을 해도 후회라는 녀석은 따라오기 마련이다.

✈

나는 선택을 하는 것도 중요하지만, 선택을 했다면 후회하지 않게 만드는 노력이 무엇보다 더 중요하다고 생각한다.

한치 앞도 보이지 않았던 터널 속을 걸어 들어가겠다고 결정했을 때, 나는 독한 마음이었다. 그 선택을 후회하지 않기 위해서 나는 도전하고 넘어지고 다시 일어나기를 반복했다.

나는 결코 혼자가 아니었다. 그 어둠 속에서 넘어지면 나를 일으켜 세워주는 가족이 있었다. 힘내라고 응원해주던 그들이 있었기에 나는 포기하지 않았다. 더 힘을 낼 수 있었다. 그리고 나는 어두운 터널을 지나 밖으로 나올 수 있었다. 그 터널 밖은 내가 기대했던 것 이상으로 더 밝고 아름답게 빛나고 있었다.

하늘에서 보낸 13,500시간

어느 날 문득, 내가 얼마나 하늘에서 시간을 보냈지? 하는 궁금증이 생겼다. 평균 잡아 계산해보니 13,500이라는 시간을 하늘에서 보냈다. 하루가 24시간이니 꼬박 562일을 하늘에서 보낸 것이다. 한국에 오프나 휴가를 이용해서 들어올 때나 비행기를 타고 다른 나라로 여행을 간 시간까지 합친다면? 이쯤에서 계산은 포기하기로 하자.

돌이켜보면 내가 처음 비행을 시작했을 때와 지금의 나에게는 많은 일들이 있었고, 많은 변화가 생겼다.

처음 내가 승무원이 되었던 2006년. 20대 중반이던 나는 나름 순진했고 시키면 뭐든 열심히 했다. 규칙이 있으면 규칙이기에 무조건 잘 따랐다. 모든 것이 신기했다. 사소한 일에 상처도 받고 기쁨도 느꼈다. 그러면서 참 열심히 비행했다. 뭔가 목표가 있어서 열심히 했다기보다는 그냥 승무원으로서 하루를 열심히 살았다.

모든 일에는 동전의 양면처럼 좋은 일, 안 좋은 일이 함께 공존한다. 비행을 하다 보면 즐거운 일도 생기고 힘든 일도 생겼다. 다만 아직 어려서인지 힘든 일에 쉽게 영향받고 무너지기도 했다. 또한 자존감이 크지 않았던 시기였기에, 누군가에게 안 좋은 소리를 듣거나 힘든 동료나 손님을 만나고 오면 자괴감이 들기도 했다. 슬럼프가 오면 심하게는 한 달 동안 우울한 기분을 달고 비행한 적도 있다.

영국 손님이 영어 잘한다는 말에 기뻐 깡충깡충 뛰다가도, 내 발음을 놀리는 동료나 생각한대로 영어가 나오지 않아 상대방이 얼굴을 찡그리면 며칠 동안을 우울해했다. 손님의 작은 감사 인사에 세상을 다 가진 듯 행복해 하다가도, 사무장에게 혼나면 기운이 빠졌다. 새로운 곳에 비행가면 신나는 마음으로 이곳저곳 돌아다니며 행복해하기도 하고, 월급날이면 세상을 다 가진듯한 기분이 들었다.

이제 승무원으로 하늘을 수놓은 지 벌써 10년이 되었다. 그 시간동안 다양한 경험을 하고 많은 일들을 겪었다. 그 시간은 나를 생각하게 하고 배우게 했다. 넘어지면 일어나는 법을, 혼나면 다음엔 혼나지 않도록 하는 법을, 그냥 무조건 받아들이는 것이 아니라 생각하는 법을 배웠다. 승무원의 직무와 나라는 사람에 대한 생각은 더 깊어졌다. 삶과 일에 대한 열정은 커졌다. 커진 열정만큼 노력은 배가 되었다. 그 결과 직위가 오르고 자존감이 높아졌다.

지금 나는 나와 내 일을 사랑하는 10년 차 부사무장 승무원이다.

인생의 가장 큰 스승은 경험이라 하지 않았던가. 내가 10년간 겪은 경험은 나에게 아주 좋은 스승이자 큰 자산이 되었다.

10년 전에 비행 중에 가끔 못된 동료를 만나서 자기는 놀면서 나에게 이것저것 시키는 일을 혼자 다 하고 오면 '네가 해'라고 말하지 못한 나를 원망하며 속상해했다. 그러던 나는 지금 영국인이든 모로코인이든 상관없이 일을 잘 위임한다. 협동심과 협업에 대한 생각과 개념이 확고해지면서 여전히 동료를 잘 도와주지만 무조건 'YES'라고 하지는 않는다. 그리고 효율적이고 효과적으로 함께 일하는 법을 배웠다.

예전엔 의료관련 응급상황이 생기면 그 자리에서 얼어버리곤 했다. 지금은 어떤 응급상황이 생겨도 침착함과 정확함으로 처리한다. 그런 내 모습에 동료들과 손님들이 나에게 의지하는 것을 보면 자부심이 생긴다. 예전엔 손님이 예기치 못한 불평을 쏟아내시면 어떻게 해야 할지 몰라 사색이 되곤 했다. 지금은 상황대처능력과 대인관계기술이 좋아져 다른 동료가 망쳐놓은 일도 가서 해결한다.

예전엔 규칙은 이해되서가 아니라 규칙이기에 따랐다. 지금은 규칙은 이해부터 하고 이해가 되기에 따르고 다른 이들에게도 이해할 수 있도록 잘 설명해준다. 사무장이나 부사무장으로 승진하는 건 나와는 어울리지 않다고 단언하며 꿈도 꾸지 않았다. 지금 부사무장으로 전 세계 120개국에서 온 승무원들을 이끌고 있다. 또한 나는 사무장 그 이상의 꿈을 꾸고 있다.

지금의 나와 10년 전의 나는 확실히 달라졌다. 10년 전과 확연히 달라진 데에는 경험을 통한 배움과 의식 확장이 있었기 때문이다.

처음 승무원이 되고 나서 나는 오히려 현실에 안주하기 시작했다. 도전정신은 조금씩 사라지고 미래를 위한 삶이 아닌 하루를 그냥 편하게 살았다. 그 결과 승무원이 되기 전보다 더 수동적인 삶을 살고 있었던 것이다. 삶은 무료해지고 자꾸 도태되는 느낌은 들었지만 무엇을 해야 할지 갈피를 잡지 못했다.

그러던 내가 안주함에서 벗어나 다시 거친 세상에 던져지고 나니 정신이 번뜩 들었다. 다시 정신 차리고 돌아와 승무원이 되었을 때, 나는 전과 다른 미래지향적인 삶을 살기로 결심했다. 무엇이든지 능동적으로 대처하려고 했다. 두려워 포기하기보다는 부딪혀서 배우는 길을 선택했다. 같은 실수는 반복하지 않기 위해서 내가 한 실수를 돌아보고 반성하고 배웠다.

목표를 설정하고 열정이라는 녀석으로 무장시키고 나니 무엇을 해야 할지 보이기 시작했다. 조금씩 성과가 보이니 자존감은 향상되기 시작했다. 그리고 나 자신과의 끊임없는 대화로 객관적으로 자신을 평가하려고 노력했다. 그래서 내 성격의 장, 단점과 나의 기분 상태, 내가 원하는 것,

내가 추구하는 것, 내가 못하는 것, 잘하는 것 등에 대해서 아주 잘 알고 있다. 즉, 나 자신에 대해서 아주 잘 파악하고 있다. 그렇다 보니 어떤 경우에도 쉽게 좌절하거나 무너지지 않는다. 회복탄력성도 좋아져 넘어져도 슬럼프가 와도 금방 다시 회복한다.

이렇게 말하고 나니 혹자는 이렇게 말할지도 모르겠다.

"그럼 당신이 완벽하다는 말인가?"라고 말이다.

대답은 "전혀 아니다."

완벽하다면 나는 단점이 없어야 하고, 못 하는 것이 없어야 하고, 그 덕분에 좌절을 할 일도 무너질 일도 없어야 한다. 하지만 나는 그렇지 않다. 단점도 많고 부족한 부분도 아주 많은 사람이다. 다만 내가 잘하는 부분은 강화시키고, 부족한 부분은 채우면서 살기 위해 끊임없이 노력하고 있을 뿐이다. 그리고 난 이렇게 완벽하지 않은, 그래서 노력하는 내가 좋다.

나에게 이런 나의 모습을 발견하게 해준 것이 바로 승무원이라는 직업이다.

내가 하늘에서 보낸 13,500시간이 나에게 이런 자기 성찰을 할 수 있는 계기를 만들어 주었다. 나라는 사람의 가치와 삶의 가치를 알게 해준 시간이기에 나에게 승무원이라는 직업은 직업 그 이상의 의미를 지닌다.

다만 모든 사람이 나와 똑같은 것을 배우고 느꼈다고 생각하지는 않는다. 전의 나처럼 승무원이 단순 직업인 사람도 있을 것이다. 무료함과 도태됨을 느끼지만 아무것도 하지 않은 채 가만히 있는 사람도 많다. 당연히 나보다 더 멋지게 비상하는 친구들도 많이 만났다. 승무원을 하다 파일럿이 된 친구도 있고, 사업을 하면서 승무원은 취미로 하는 친구도 만났다.

내가 어느 위치에 있든지, 무엇을 하든지 중요한 것은 본인의 의식과 상황을 대처하는 자세에 있다. 바로 그 의식과 자세가 스스로를 성장시켜 주거나, 자신을 같은 자리에 계속 맴돌게 만들 것이기 때문이다.

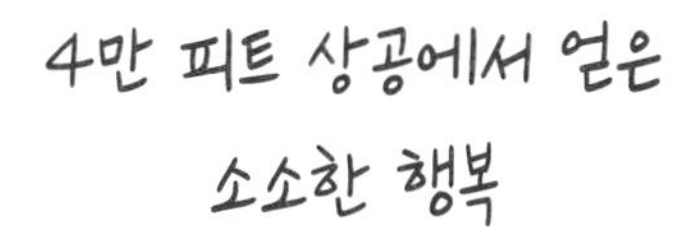

4만 피트 상공의 움직이는 오피스에서 일하는 나는 승무원이다. 나는 여전히 비행하는 것이 즐겁고 재미있다. 특히 비행을 하면서 내 존재가치가 긍정적으로 평가될 때 일과 삶에 대해 큰 보람을 느낀다. 내가 말하는 긍정의 평가는 거창한 것이 아니다. 사소한 칭찬의 말 한마디가 바로 그것이며, 나에게는 큰 행복으로 다가온다. 그런 사소함에서 오는 행복감이 나에게는 비행을 즐기는 원동력이다.

나는 완벽한 승무원이 아니다. 그래서 실수도 하고 부족한 점도 많다. 하지만 부사무장으로서 다른 승무원들을 이끌고 안전하고 성공적으로 비행을 마무리하기 위해서 나름의 철칙이라는 것이 있다. 그 철칙은 '모두 즐겁게 함께 일하는 것'이다. 일하는 승무원들이 즐겁고 행복하면 결과적으로 고객들도 비행을 즐겁게 즐길 수 있기 때문이다. 그러다 보니 부사무장으로서 어떤 모습을 보이느냐와 피드백을 어떻게 주느냐가 비행에서 중요한 부분을 차지한다.

비행을 시작하기 전에 우리는 브리핑*승무원들이 비행 전에 모여서 비행 관련 정보를 나누고 서로 인사하는 모임*이라고 하는 것을 한다. 나는 브리핑에서 너무 환하게 미소를 짓지 않는다. 그렇게 브리핑을 하고 나면 대부분의 승무원들은 내가 굉장히 엄격하고 융통성이 없다고 생각한다. 하지만 막상 비행을 시작하면 자신들이 생각했던 것과 다른 모습에 놀랐다는 말들을 하곤 한다.

내가 브리핑을 형식을 따지면서 조금 딱딱하게 하는 이유는 약간의 긴장을 가지고 책임감을 다해서 그날의 비행에 임하길 바라는 마음 때문이다. 대부분의 사람들은 너무 느슨하게 시작을 하면 보통 비행을 시작하고 안일함이 커져 더 늘어지는 경향을 보이곤 한다. 하지만 적당한 긴장감은 안전 등을 다루는 승무원 직무를 잘 수행하는데 도움을 준다. 또한 실수를 방지하는 효과도 생긴다. 긴장으로 더 집중하고 한 번 더 생각하기 때문이다.

반면 나는 실수에 관대한 편이다. 실수는 말 그대로 모르거나 미처 깨닫지 못함에서 나온 행동이다. 그래서 무언가를 실수한 승무원이 있으면 실수한 것에 대한 혼냄보다는 건설적인 피드백을 주고 코칭을 해준다.

그래서 다음부터는 실수를 하지 않도록 말이다.

이럴 때의 목소리 톤이나 나의 태도는 중요하다고 생각한다. 본인 스스로도 자신이 한 실수 때문에, 특히 실수가 클수록 더 크게 위축이 되기 때문이다. 중요한 또 한 가지는 너무 가볍지 말아야 한다는 것이다. 피드백을 너무 가벼운 톤이나 분위기로 해주면 상대 역시 가볍게 생각하고 넘어가기 때문이다. 그렇기에 피드백을 주는 것은 생각보다 쉽지 않다.

실수한 동료가 더 위축되지 않고 배울 수 있는 과정으로 만들기 위해서 나는 피드백을 줄 때 많은 신경을 쓴다. 그리고 그 동료와 편안한 대화를 나누면서 피드백을 전달한다.

물론 상대의 반응은 각양각색이다. 어떤 피드백이든지 나쁜 소리라 여기고 무조건 싫어하는 친구들도 있다. 입을 삐죽거리기도 하고, 억울해하기도 한다. 때로는 내가 아무리 정성을 들여도 건성으로 듣고 만다. 이런 친구들을 만나고 나면 물론 기운이 빠지기도 한다.

하지만 나에게 보람을 느끼게 해주는 친구들도 많다. 자신을 이해하고 배려해주며, 동시에 좋은 가르침이 담긴 피드백 덕분에 많은 것을 배울 수 있었다면서 진심으로 고마워하는 친구들이다. 이럴 때면 내가 그들의 삶에 조금이나마 좋은 영향을 미친 듯해 뿌듯해진다.

나는 일하는 분위기 역시 중요시 여긴다. 내가 같이 일하는 동료를 신뢰하고 편하게 대해주면 그들 역시 나에게 신뢰와 아낌없는 지원을 보내준다. 그리고 나와 함께 일하고자 한다. 리더로서 너무 엄격하게 대하고 그들을 신뢰하지 못하면, 결코 그들은 나를 믿고 따르지 않는다. 오히려 앞에서는 일하지만 보이지 않는 곳에서는 아무것도 하려고 하지 않는다. 그리고 내가 진정 그들의 지원이 필요할 때 아무도 따르지 않는다.

그동안 내가 비행하면서 다양한 리더가 보여준 리더십과 내가 비행하면서 겪은 경험과 실패를 통해서 배운 것이다. 그래서 나는 내가 먼저 상대를 신뢰하고 존중하고자 노력한다.

지시하는 리더가 아닌 함께 일하는 리더의 모습 또한 내가 지향하고 있는 리더십이다. 무엇을 하라고 시키기보다는 같이 하자며 좋은 예가 되고자 늘 최선을 다한다. 이렇게 비행을 마치고 나면 어김없이 함께 비행했던 동료들이 미소와 함께 이구동성 나와 비행해서 너무 즐거웠다며 다시 함께 꼭 비행하고 싶다고 말해 준다. 그러면 나도 모르게 내 얼굴에 미소가 스며든다.

그런 말들을 들을 때면 '내가 부사무장으로서 잘하고 있구나!' 하는 생각에 참 보람되며, 앞으로 더 노력해야겠다는 다짐을 하게 된다.

나는 이런 행복을 손님들을 통해서도 자주 찾는다. 나의 작은 서비스에 고마워하면서 미소로 좋은 말을 해주시는 손님들은 내 비행의 활력소이다.

정신없이 손님을 응대하고 불평, 불만을 처리하고 잠시 숨을 고르고 있을 때가 있다. 그때 내 모습을 지켜본 손님이 조용히 다가와서 웃으며

"고생 많아요" "힘들죠? 수고했어요"라며 건네준 말이 왜 그렇게 힘이 되는지 모른다. 그간의 힘들었던 마음이 깃털처럼 가벼워지며 순간 무한 에너지가 다시 생기기까지 하니 말이다.

어느 날 한국 비행에서의 일이었다. 탑승 중, 한국인 손님들을 맞이하면서 다른 나라 승무원들에게 이런 저런 지시사항을 주고 있었다. 그런 나를 보더니 손님들이 물었다. "아가씨, 높은 사람이지?" 그래서 부사무장이라고 웃으면 대답했다. 그랬더니 한 손님이 이렇게 말했다.

"자랑스럽다."

이 말이 왜 이렇게 가슴을 울렸을까. 나는 그들에게 단순 승무원이 아닌 자랑스러운 한국인이었던 것이다.

비행을 하면서 한국 손님들을 만나면 '한국인이 있어서 좋다' '마음이 편하다' '친절하다' 등의 많은 피드백을 듣는다. 그중에서 나는 이 '자랑스럽다'는 말이 너무 좋다. 내가 대한민국을 대표하는 사람으로서 무언가를 해낸 느낌이 들기 때문이다. 뭔가 다른 사명감이 가슴을 뜨겁게 한다. 그래서 행동 하나 마음가짐 하나 더 신경 쓰고 노력하게 된다. 비행기에 오르는 순간 나는 에티하드 항공뿐만 아니라 한국인을 대표하는 사람이 되기 때문이다.

나에게는 이렇듯 내 동료들과 고객의 말은 가장 중요한 영양제이다. 그들 덕분에 내가 늘 즐겁게 비행을 할 수 있기 때문이다.

4만 피트 상공을 날면서 누군가에게 좋은 동료이자 리더, 최선을 다하는 친절한 승무원, 자랑스러운 한국인이 된 나. 이것들이 내가 4만 피트 상공에서 찾은 소소한 행복이다.

나를 향한 이들의 이 고마운 찬사가 오늘도 나를 행복하게 해주고, 내 삶의 가치를 더 빛나게 해준다.

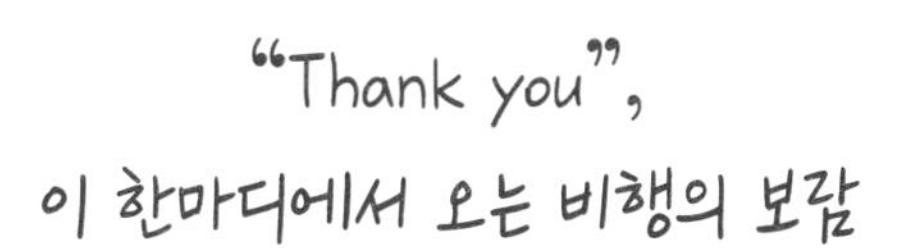

어떤 사람들은 보람을 느끼는 순간이 뭔가 거창하고 대단한 결과나 성취가 있을 때라고 생각한다. 하지만 나는 오히려 단순하고 사소한 일에서 보람을 느낀다.

비행을 한 지 벌써 10년. 이런 나에게 있어 10년이라는 기간 동안 언제 보람을 느꼈냐고 물어본다면 "늘"이라고 말할 것이다. 거짓말 조금 보태서 말이다.

결코 비행을 한다는 것은 쉽지 않은 일이다. 아무 일 없이 조용한 비행은 승무원에게 있어 휴식 같은 느낌을 준다. 하지만 대부분의 비행은 갖가지 드라마적 요소들을 가득 안고 시작되었다가 마무리 된다. 정신없이 첫 기내와 마지막 기내를 왔다 갔다 하면서 정신과 육체가 지칠 대로 지쳐 있을 때, 나를 미소 짓고 보람되게 만드는 것은 맛있는 음식도 드라마

같았던 상황의 해결도 아닌 바로 "Thank you"라는 한마디이다.

마음이 담긴 손님의 그 한마디에서 오는 감동은 피곤을 다 없애버릴 정도로 강력하다. 아직도 나는 착륙 후 손님이 비행기에서 내릴 때 미소와 함께 "Thank you"라는 말해 줄 때 참 뿌듯하고 비행을 무사히 잘 마친 것 같아서 보람되다.

어느 한국 비행에서 있었던 일이다. 만석이었던 한국 비행. 착하고 순진무구하지만 일명 일머리가 부족했던 그 친구들 덕분에 그날 내가 한 사과만 어림잡아 70번은 되었다.

여유 있었던 음식을 더 드려도 되는 것을 유연성 부족으로 너무 단호하게 '일인일식'이라 말해서 손님 마음을 상하게 하거나, 손님이 부탁한 음료를 이따가 가져다 주겠다고 약속을 하고 잊어버리고 그런 적이 없다고 한 것은 애교 수준이었다.

서비스하면서 한 줄 서비스하고 다음 줄은 건너뛰고 식사를 제공하다 나중에 다시 돌아가서 서비스하거나, 카페 서비스*컵라면과 샌드위치 등의 간단한 다과 서비스* 시 둘 다 제공해야 하는데 손님에게 둘 중에 하나만 제공하기도 했다. 당연 옆 손님은 컵라면과 샌드위치를 다 먹고 있는데 자신은 하나만 골라야 한다면 누가 좋아하겠는가?

또한 서비스 중 영어를 못 한다는 이유로 승무원 중 한 명은 아예 손님에게 의향도 물어보지 않고 무조건 한국식을 제공했다. 그것으로 끝나지 않고 서비스 뒤, 입국신고서와 세관신고서 그리고 건강상태 질문지를 배부해야 했는데, 3번이 넘는 설명에도 외국인 승무원들이 어떻게 드려야 할지 제대로 파악하지 못한 상태로 나눠줘 외국인이 가지고 있어야 할 입국신고서가 한국인 손님에게, 가족 단위로 제공되는 세관신고서도 어떤 사람은 가족마다 한 장씩 가지고 있거나, 어떤 손님은 아예 받지 못했다. 거기에 외국인 한국인 상관없이 모두 한 장씩 나눠주라고 했던 건강 상태 질문지마저도 일부 손님만 가지고 있었다.

면세품 판매를 마치고 뒤로 걸어오고 있는데, 손님들이 붙들고 하소연을 시작했다. 그렇게 나는 기내에서 이쪽저쪽을 다니며 8시간 넘게 70번에 가까운 사과의 말을 해야 했다. 그리고 다시 승무원들을 불러 손님이 불편을 느낀 사항에 대해 설명하고 이해시키고, 손님에게는 맞는 해결책을 승무원들에게 개별 지시했다.

그중 어떤 손님은 두 명의 승무원 때문에 너무 화가 나서 그 손님의 마음을 푸느라 40분 이상을 쪼그려 앉아서 이야기 들어드리며 죄송하다고 한 기억도 있다.

여기저기서 부르는 손님들에게 달려가 응대하고 승무원들에게 업무를 지시하고 겨우 갤리로 돌아오니 두 무리의 한국인 손님들이 나를 기다리고 계셨다. 에티하드 항공 서비스 수준이 왜 이렇게 낮으냐고 불평하시는 손님들에게 한국말로 사과하고 원하시는 것을 제공해드린 뒤, 의사소통에서 오는 문제로 인한 것 때문에 겪으신 불편에 대해서 다시 한 번 사과를 드리니 마음이 풀어지신 눈치다.

그렇게 정신없이 휘몰아친 토네이도가 지나간 뒤, 넋이 반쯤 나가서 점프싯*승무원들이 이륙, 착륙 시 앉아 있거나 쉬는 시간에 앉아 있는 의자*에 앉아 있으니 한 손님이 살며시 다가오셨다. 눈이 마주치자, '이번에 또 무슨 일이지?'하고 노파심에 필요한 것이 있는지 물으니, 살짝 웃으시면서 "아가씨, 많이 힘들지? 고생했어" 하시는 것이 아닌가? 이 손님은 나에게 불평을 해서 내가 뭔가를 해결해드린 손님도 아니었다. 순간 당황하면서 아니라고 말했더니 "혼자 정신없이 뛰어다니며 일하던데" 하시면서 "수고했어, 고마워요" 하셨다.

5분 전까지만 해도 정신적 육체적 피곤함을 호소했던 나는 사라지고, 그 손님의 미소와 마음이 담긴 감사 인사에 코끝이 찡해짐을 느꼈다. 그러면서 없던 기운이 다시 나기 시작했다고 하면 너무 드라마틱하다 할까? 하지만 난 그랬다. 나는 그 감사의 말 한마디에 다시 기운이 났다. 그분의 감사 인사로 기운이 나서 다시 웃으며 기내를 돌아다니고 업무를 처리했다. 그리고 드디어 착륙.

조용히 마지막 갤리에서 손님 배웅을 준비하고 있던 나에게 아주머니들이 단체로 몰려오신다. 순간, '뭐지?' 했는데, 10여 분이 "아가씨, 힘들었지? 고생했어, 고마워" 하시는 것이 아닌가? 아까 찡하던 코가 이번에 눈으로 옮겨가 눈가가 순간 촉촉해졌다. 너무나 힘들었던, 죄송하다는 말만 70번 가까이 했던 그 비행에서, 문제를 해결했기 때문도 아니고 손님이 원하는 것을 주어서도 아닌 열심히 일했다고 고생했다며 미소와 함께 건네준 감사 인사가 너무나 큰 보람을 느끼게 해주었다.

지금도 그때 생각을 하면 내 눈과 코가 찡해진다.

10년 차 승무원인 나에게 아직도 비행이 즐겁냐고 묻는다면, 대답은 'YES'이다. 나는 아직도 비행이 즐겁다. 일이 편해져서도, 늘 좋은 일이 생겨서도 아니다. 일은 10년이나 지금이나 힘들고 고된 것은 마찬가지이다. 하지만 그 힘듦과 고됨 안에서도 내가 누군가에게는 고마운 존재가 된다는 사실이 지금도 나를 행복하게 한다.

일의 보람이라는 것을 어떻게 느끼고 찾는지는 결국 본인에게 달려 있다고 생각한다. 나는 일에 대한 보람을 큰 것에서 찾지 않는다. 내가 베푼 친절에 고객이 작은 미소나 감사하는 마음을 작게나마 표현해줄 때, 나는 비행의 큰 보람을 느낀다. 그래서 나의 하루는 늘 보람되고 즐겁다.

사소하고 작은 것에서 큰 보람을 느낄 줄 안다면 무엇을 하든지 오래 즐거운 마음으로 할 수 있을 것이다.

비행 중 체류한 홍콩에서 망중한

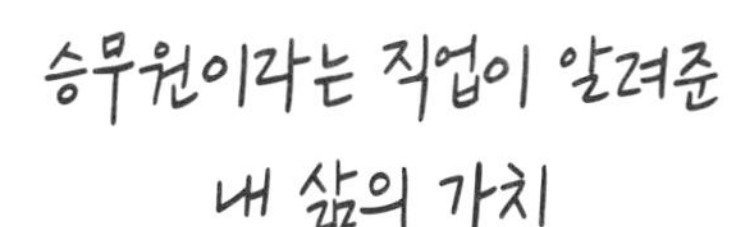

승무원이라는 직업이 알려준 내 삶의 가치

승무원이 되고 나서 나의 인생은 180도 달라졌다고 해도 과언이 아닐 것이다. 남들이 걱정하고 염려하던 인생에서 누구보다 밝게 빛나는 인생으로 말이다.

10대는 누구나 똑같이 받는 학업에 치여 내 삶에 대해서 생각해본 적이 없었다. 어리기도 했고 생각도 별로 없었으리라. 그렇게 주어진 방향대로 길을 걸어가야 하는 시기였고 그렇게 했다. 돌이켜보면 이때가 가장 평범하다고 할 수 있는 삶을 살았다.

20대는 방황의 시기이자 열정의 시기였다. 그리고 내 삶의 길을 찾아가는 시기였다. 두려움을 안고 남들과는 조금은 다른 길을 가는 나 자신을 보면서 가슴이 뛰면서도 한편으로는 걱정도 많았다. '행복하고 싶다',

'성공하고 싶다' 등의 막연한 꿈과 이상은 많았지만 정확한 목표가 없었다. 정확하게 이루고자 하는 목표가 없다 보니 무엇을 준비해야 할지도 몰랐고 어떻게 나아가야 할지도 몰랐다.

뭔가 이루고는 싶어 이곳저곳 기웃거리고는 있는데 성과는 없었다. 막연한 꿈으로 갈피를 잡지 못하던 나는 노력은 하는데 달라지지 않는 현실에 실패감과 좌절감을 느끼며 '나는 Loser인가?'라는 생각도 하곤 했다. '나는 노력하는데 왜 세상은 알아주지 않는가?' 하면서 세상을, 환경을 탓하기도 했다. 삶이 무료하고 지겨웠다. '난 노력해도 안 되는 사람인가?'라는 생각을 되뇌며 20대 초반을 보냈다.

그러던 나의 삶은 명확한 목표를 가지기 시작하면서 달라졌다. 2005년 어느 날, '승무원'이 되겠다고 마음먹은 나는 승무원이 되기 위한 준비에 매달렸다. 예상 문제를 뽑아 내 대답을 만들고 승무원이라는 직무에 대해서도 공부했다. 메이크업에 관심이 없던 나는 메이크업도 배웠다. 면접 의상을 고르기 위해서 돌아다니기도 하고 증명사진도 찍었다. 스터디 그룹에 참여하여 실전면접 연습에 매진했다. 최종 합격하기까지 공부했던 그 한 달 동안 '최선의 노력이란 바로 이런 것이다'라고 여길 정도로 열심히 임했다.

준비하는 내내 즐거웠다. 가슴이 뛰었다. 답변을 만들고 동시에 영어 공부도 하면서 밤을 새는 모습에 내가 놀랄 정도였다. 내 스스로도 "고3 시절 이렇게 공부했으면 서울에 있는 SKY 대학도 갔겠다"라고 농담 섞인 말을 할 정도로 무언가에 빠져 열심히 하는 내 모습이 뿌듯했다.

그런 나의 노력은 행운의 여신과 함께 나에게 승무원이라는 타이틀을 만들어 주었다.

승무원이 되고 난 후 나의 미래를 걱정했던 친구들의 '너 앞으로 어떻게 살래?'라는 시선은 '대단하다'로 바뀌었다. 또한 고등학교 졸업 후 단 한 번도 연락하지 않았던 친구가 갑자기 축하한다며 문자로 '이제야 진정한 친구가 누군지 알겠어!'라고 보낸 문자를 보고 한참 웃었던 기억도 있다. 그리고 그 문자를 통해서 세상이 나를 보는 위치가 바뀜을 실감할 수 있었다. 물론 그때 나 역시도 그 친구 덕분에 진정한 친구란 그 친구는 절대 아니라는 것을 확실하게 알게 되었다.

승무원이 되기 전에 나는 내 세상에서조차 중심을 잡지 못하고 밖에서 겉도는 삶을 살고 있었다. 그러나 승무원이 되고 난 후 나는 내 세상의 중심에 들어왔다.

그 이후부터 나는 꿈을 꾸고 목표를 설정하는 것을 즐겨 했다. 그것도 아주 많이 그리고 원대하게 말이다. 그럼 우리 가족들은 웃으며 이렇게 말한다.

"또 설레발친다!"

그럼 나는 당당하게 웃으며 대답한다.

"그 설레발이 나를 지금 이 자리에 있게 만들어 주었다."

원고 집필 중인 저자

많은 실패와 좌절로 인한 어두운 터널을 하염없이 그렇지만 포기하지 않고 걸어온 뒤 일궈낸 승무원이라는 성취는 나에게 많은 것을 느끼고 알게 해주었다.

바로 내 인생의 주인공은 나라는 사실 말이다.

살다 보면 누구나 빛줄기 하나 들어오지 않는 깜깜한 터널을 혼자 걸어가는 기분이 들거나 세상이 불공평한 것 같고 나만 세상에서 Loser루저, 실패자인 것 같은 기분도 들 것이다. 하지만 그런 기분은 성공자의 길을 걷는 사람들 역시도 느껴온 것이다. 세상에 좋은 일만 있을 수는 없다. 그렇기에 터널 속을 걷고 있다는 사실이 내가 Loser라는 것이 결코 아니다. 다만 그 어두운 터널을 빨리 빠져나오느냐 아니면 오랜 시간 동안 그 속에서 헤매느냐는 순전히 나에게 달렸다.

내가 가고자 하는 길을 확실히 하고 무조건 달려라. 그것도 열심히 말이다. 대충 해서 성공할 수 있는 세상이라면 모든 사람이 다 성공자의 길을 걷고 있을 것이다. 그러니 '죽기 아니면 까무라치기' 정신으로 최선의 최선을 다해야 한다. 할 수 있는 만큼이 아닌 못할 것 같았던 것을 해냈을 때, 남들이 다 안 된다고 해도 내가 나를 믿고 정진했을 때 진정 내가 원하는 것을 얻을 수 있다.

승무원이라는 직업은 나에게 무한한 가능성이 내재되어 있는 사람이란 것을 가르쳐 주었다. 남들은 나에게 안 된다고 했지만 난 해냈다.

✈

소위 말하는 좋은 스펙 없이 외항사 부사무장이 되었다. 승무원을 꿈꾸는 이들에게 좋은 영향을 미치는 멘토가 되었다. 끊임없이 역량을 키우고 노력한 결과 책도 출간했고 TV 특집다큐에도 출연할 수 있었다.

위에 언급한 이 모든 것들이 내가 승무원이 되고 디자인한 나의 미래였다. 혹자는 결코 이룰 수 없다고 했던 것들이다. 그리고 나는 그 꿈을 꾼 지 5년이 되지 않아 모든 것을 이루었다.

무스펙을 넘어 나라는 사람으로 승부를 걸어 승무원이 된 후, 나는 이 직업을 통해서 끊임없는 성장을 이루고 있다. 불가능이라고 여겨졌던 많은 일들을 해냈다. 그랬다. 나는 많은 역량을 가진 사람이었다.

과거의 나와 지금의 나를 비교하면 너무 큰 변화에 깜짝 놀라곤 한다. 내가 알던 고등학교 동창들이나 20대 알던 지인들은 나의 변화되고 성공한 모습에 놀라 입을 다물지 못하기도 한다. 그런 그들의 반응을 보는 것이 기분 나쁘지 않다.

그 무엇보다 나를 행복하게 하는 것은 내 인생에서 내가 주인공이 되었다는 사실이다.

사람에게는 누구나 잠재된 능력이 내재되어 있다. 나 역시도 승무원직이 나의 천직인지, 내가 다양한 국적의 사람들을 이끌 정도의 리더십이 있는지, 내가 학생을 가르치는데 소질이 있을지, 작가로서의 능력과 자질이 있을지 꿈에도 몰랐다. 다만, 늘 다양한 꿈을 꾸고 능력의 한계를 짓고 할 수 있는 만큼만 하는 대신 나는 남들의 시선을 뛰어 넘어 다양한 도전을 통해 내 한계를 스스로 넘어섰다. 하나하나 넘는 그 순간 놀랍게도 나의 인생이 눈부시게 빛나기 시작했다.

세상의 기준으로는 뭐 하나 잘날 게 없었던 나는 승무원이 되어 현재에 멈추지 않고 끊임없는 자기계발과 노력으로 어제보다 오늘을, 오늘보단 내일을 더 멋지고 아름답게 디자인해가고 있다.

나에게 있어 나의 삶은 다이아몬드보다 더 눈부시게 빛나고 있다.

있는 그대로의 나를 사랑하게 하는 일

20대를 돌이켜보면 나는 내가 한없이 작아 보였다. 좋은 대학을 들어간 것도 아니고, 그렇다고 어느 한 분야에 특출난 능력을 가지고 있지도 않았다. 열심히 무언가를 하고 있었지만 눈에 띄는 변화나 성과는 없었다. 자신감은 바닥을 기고 있었고, 거울 속에 비친 내 모습을 보는 것도 버거웠고 힘들었다.

하지만 많은 시행착오와 실패 속에서도 나는 꿈꾸고 버티는 법을 배우고 있었다. 보잘 것 없는 현실을 탓하면서도 다른 무언가가 분명 내 인생에 있다는 믿음이 있었다.

'그래 이게 내 인생이다'라고 인정해버리면 정말 아무 것도 아닌 삶을 사는 것 같아서 그럴 수 없었다. 나는 지극히 평범하고 아무 것도 변하지 않는 삶 속에서도 변화를 위한 노력과 꿈꾸는 것을 결코 포기할 수 없었다.

이런 내 삶 속에서 작은 변화가 일어나기 시작한 것은 내가 뉴질랜드를 가고 나서부터였다. 나에 대해 아무도 모르고, 나 또한 아무도 모르는 곳에서의 삶. 그곳에서 나는 주변 사람의 시선에서 자유로워지고, 내가 스스로에게 정의한 시선에서부터 자유로워지는 법을 배웠다. 거기서는 나에게 주어지거나 지워진 삶의 규칙이 없었다. 오롯이 내가 만들어가는 것이었다. 나는 순수하게 '0'에서 시작하기 시작했다.

자유로워진 대신 모든 것에 대한 책임은 전적으로 나에게 있었다. 생활비를 벌기 위해 일자리를 구하고, 스스로 살 곳을 구했다. 한 달 벌어서 한 달을 사는 식이었다. 그런데 이상하게도 행복했다. 한국에서 맛보지 못했던 보람과 행복이 있었다.

한국에서는 부모님이 계셨기에 일을 하지만 생활비를 걱정할 필요가 없었다. 크게 드러내지는 않았지만 의존할 곳이 있다는 사실은 나에게 안정감을 주었다. 그래서인지 다양한 이유들로 일자리도 자주 바꿨던 것 같다. 특별한 삶을 꿈꾸면서 무엇을 해야 할지 정확히 몰랐고 최선이라고 할 수 있는 노력도 부족했었다. 심적인 방황의 연속이었다.

그랬던 나에게 뉴질랜드에서의 삶은 책임감과 현실감이 없이 이상만을 꿈꾸고 바랐던 '나'라는 사람을 돌아보게 해준 것이다.

딱 2개월의 생활비만 가지고 온 나였기에, 나는 일자리부터 구했다. 현지인 카페에서 디시워셔부터 홀서빙을 거쳐 매니저가 되기까지 정말 하루를 열심히 살았다. 일주일에 6일 일하고, 하루 쉬는 날에는 나에게 맛있는 음식도 해주고 나를 위한 와인도 개봉하면서 혼자만의 럭셔리함을 마음껏 즐겼다. 그 작고 사소한 행복이 있는 뉴질랜드 삶이 나에게 커다란 버팀목이 되어주었다.

그러면서 하루를 즐기는 법, 감사하는 법, 나를 사랑하는 법 등을 배우고, 다양한 감정의 변화와 교류도 경험했다. 그렇게 내 손으로 제로 상태에서 무언가를 만들어가는 재미가 쏠쏠했다. 참치 캔처럼 작은 방에서 지냈지만, 나의 삶이 조금씩 만들어져가고 있던 그곳이 나는 지금도 그립고 감사하다. 거기서 일하고 영어 공부도 할 수 있다는 사실이 행복했다. 그렇게 조금씩 삶이 달라지면서 좁은 방에서 조금 넓은 방으로 이사하고, 디시워셔에서 홀서빙을 걸쳐 부매니저가 되면서 작은 것에서부터 성취감을 느끼는 법을 깨달았다.

성취감이란 꼭 무엇인가 대단한 것일 필요가 없다. 작은 것이라고 해도 내가 이루어낸 것이라면 충분히 큰 성취감을 줄 수 있다. 나의 그런 작은 성취가 모이면서 나는 나를 더 존중하게 되었고 나의 가능성을 보기 시작했다.

그 뉴질랜드에서의 삶과 노력이 나를 에미레이트 항공과 에티하드 항공 승무원으로 만들어 주었다고 나는 믿는다.

뉴질랜드에서 지내면서 사람들은 나에게 자주 이런 말을 건네기 시작했다.

'에너지가 좋다, 늘 행복해 보인다, 밝다, 즐거워 보인다.'

내가 나의 삶에 책임감을 가지고 최선을 다하면서 듣기 시작한 말들이다.

나는 변명으로 스스로를 위로하던 나에서, 책임을 다하는 나로 변했다. 의존적인 사람에서 독립적인 사람이 되었다. 수동적인 나에서 능동적인 내가 되었다. 이런 의식의 전환은 나를 행복한 사람으로 만들어 주었다. 내가 행복해지니 주변 사람들도 나의 그런 에너지를 쉽게 알아차리게 된 것이다.

그런 나는 승무원이 되고 또 한 번의 커다란 변화를 겪었다. 일상에서의 소소한 행복을 만들어가고 느끼는 법을 뉴질랜드에서 알게 되었다면, 승무원이라는 일을 통해서 나의 존재 가치와 함께 내가 나아가야 하는 길을 찾게 되었다.

리더라는 직책과 함께 나의 리더십은 정립되고 성숙해져갔다. 다양한 승무원들을 이끌고 예기치 못한 상황을 대처하면서 문제해결능력, 능숙함과 프로정신이 강해졌다. 승무원으로 하늘에서 다양한 손님들을 응대하면서 서비스란 무엇이고 어떤 승무원이 되어야 하는지도 깨달았다.

학력 등의 스펙이 아닌 '박혜경'이라는 사람 자체가 인정받고 내가 가진 능력으로만 평가받으면서 자존감은 더 상승했다. 주어지는 일만 하는 것이 아닌, 내가 좋아서 스스로 일을 찾았다. 그럴수록 다양한 분야에서 조금씩 두각을 나타내기 시작했다. 일하는 것은 더 좋아지고 발전과 성장을 즐기게 되었다. 자존감이 상승하니 실패와 슬럼프를 전과 다르게 능동적으로 대처하게 되었고, 빠르게 이겨내게 되었다. 자기성찰 그리고 자기반성과 함께 말이다.

또한 수많은 실패와 좌절을 통해서 무에서 유를 창조한 나의 경험은 누군가에게 좋은 귀감이 되고 그들에게 강한 동기부여를 주었다. 나를 멘토라 부르며 따르는 사람이 생겼고, 그들의 삶에 변화와 선한 영향을 미치게 되었다. 짜릿했다.

'박혜경'이라는 사람의 존재 가치가 한층 더 빛나기 시작한 것이다. 나라는 사람이 내 인생의 중심이 되면서 나는 내 안에서 승리한 것이다.

지금 이렇게 이야기하고 있는 순간에도 내가 확실하게 말할 수 있는 것은 나는 결코 완벽한 사람이 아니라는 것이다. 아이러니하게도 내가 완벽하지 않음을 인정하고 받아들이면서 내가 하는 일과 그 과정을 즐기게 되었다. 그리고 더 나은 모습으로 성장하기 시작했다.

나를 있는 그대로 받아들이고 사랑하게 된 것이다.

나는 완벽하지 않은 지금의 내 모습이 너무 좋다. 완벽하지 않음을 채워가는 즐거움, 그것이 나를 꿈꾸게 하고 끊임없이 성장하게 해준다.

5

나는 에티하드 항공의 승무원입니다

더 나은 삶에 대한 내 열정과 노력이 나에게 한계를 부숴버리는 즐거움을 알게 해주었다. 나는 아직도 갈 길이 멀다. 나는 이제 막 시작했다. 인생이 내가 디자인한 대로 멋지게 이루어진다는 것을 이제 알았는데 어떻게 멈추겠는가? 한계에 도전하는 즐거움과 무한한 나의 가능성을 알게 해준 직업, 승무원. 나는 에티하드 항공의 승무원이다.

나는 오늘도 공항으로 출근한다

새벽 5시, 알람이 힘차게 울린다. 눈도 뜨지 않은 채로 알람을 꺼버린다. 5분 뒤 다시 세차게 알람이 울려 댄다. '아~!' 하는 작은 탄성과 함께 겨우 침대에서 몸을 일으킨다. 그렇게 잠시 아무 것도 하지 않고 멍한 상태로 있다가, '귀찮다' '조금만 더 자고 싶다'는 생각에 다시 몸을 침대로 살며시 눕힌다. 그렇게 다시 5분이 흐르고 용케 내 의중을 파악한 알람이 다시 요란한 소리를 내며 나를 흔들어 깨운다.

'알았어!' 하며 짜증 섞인 말투와 함께 고단한 몸을 침대에서 벌떡 일으킨다. 그리고 물을 벌컥벌컥 마신다. 그리고는 비몽사몽 상태로 커피를 내리기 위해서 곧바로 주방으로 향한다. 커피의 향긋한 냄새를 맡으니 정신이 조금 난다. 커피 한 모금을 마시면서 방으로 들어온다. 화장실로 가서 세수를 하고 화장품을 바른다. 간단한 요기 거리로 배를 살짝 채우면서 커피를 즐긴다. 그 뒤 아무 생각 없이, 때로는 '비행가기 귀찮다'는 생각을 하면서 거울을 보며 화장을 시작한다. 유니폼을 갈아입고 옷매무새를 정리한다. 마지막으로 립스틱을 바르고 가방을 정리하면서 비행갈 채비를 한다.

픽업 시간 15분 전, 핸드백과 캐리어를 끌고 픽업 버스를 타기 위해서 집을 나선다. 아침 햇살을 맞으며 캐리어를 끌고 걸어가는 내 모습을 보면 비행 준비를 하면서 느꼈던 귀찮음은 사라지고 승무원이라는 자부심이 생긴다. 그렇게 미소를 머금고 나는 오늘도 공항으로 출근을 한다.

흔히 사람들은 이렇게 생각한다. '승무원은 비행 준비하는 것이 늘 즐거울 것이다'라고 말이다. 하지만 현실은 여느 다른 이들의 출근 준비와 다르지 않다.

10년 차 승무원이지만 늘 비행가기 전에 일어나는 것은 힘들다. 특히 새벽 비행은 정말 또 다른 나와의 싸움이다. 기분이나 몸이 조금 안 좋다 싶으면 자꾸 쉬고 싶다는 생각만 든다. 하지만 어김없이 무거운 몸을 일으켜 세우고 비행 갈 준비를 시작하고 일하러 가기 위해 집을 나선다.

승무원은 늘 다른 비행 스케줄로 매번 다른 곳으로 비행을 간다. 같이 일하는 동료도 비행마다 달라지고 손님도 다르다. 이런 점들 때문에 승무원이라는 직업이 늘 변화가 많은 경험들만 한다고 생각한다. 하지만 기본적으로 우리가 하는 일은 같다. 손님은 다르지만 같은 서비스를 제공한다. 동료는 매번 다르지만 동료와 함께하는 일은 같다. 매번 다른 곳으로 비행을 가지만 비행에서 하는 일이나 비행 가서 하는 일들은 비슷하다.

이렇게 우리는 변화 안에서 일상을 반복하고 일상 안에서 변화를 반복한다. 그런 면에서 다른 직업군과 비교해서 승무원이라고 특별하지는 않다. 그렇기에 매번 비행을 갈 때마다 행복하고 즐거울 수만은 없을 것이다. 다른 직업군의 사람들처럼 승무원도, 나 역시도 비행을 가기 위해 잠에서 깨야 할 때, 준비하면서 '귀찮다'라는 생각을 종종 한다.

이처럼 누구나 일상을 살아가는 데에 있어서 루틴이라고 불리는 반복을 어떻게 받아들이고 견뎌내느냐 만큼 중요한 것은 없을 것이다.

비행을 하다 보면 종종 손님들이나 특히 동료들에게 이런 말을 많이 듣는다.

"혜경 씨를 보면 승무원으로 일하는 것이 아직도 즐거워 보여요."

"10년을 비행했는데 어쩜 아직도 그렇게 환하게 웃을 수 있어요?"

이런 말들과 질문을 들을 때 나는 행복하다. 내가 나의 루틴들을 잘 이겨내면서 '잘하고 있다'는 칭찬 같이 들리기 때문이다. 힘든 날이 없기 때문에 즐거운 것이 아니다. 그 힘든 일상마저도 버티고 견디는 법을 배운 것 뿐이다.

부사무장으로서 나의 루틴은 고객 만족 창출과 불편사항의 처리이다.

거기에 각양각색의 동료들을 격려하고 독려해서 안전하고 성공적으로 비행을 마치는 것이다.

12시간 비행 중 쉬는 시간 3시간을 제외하고 쉬지 않고 기내에서 손님을 응대하고 동료들을 독려하는 것은 결코 만만한 일이 아니다. 고객들의 말도 안 되는 요구사항부터 게으른 동료 등에 대한 불평, 불만이 시작되면 한도 끝도 없이 이어진다. 그래서 정말 힘들 때면 나는 말을 아낀다. '힘들다'라는 말을 내뱉는 순간 모든 것이, 현실이 더 무겁게 다가오기 때문이다.

참 재미있는 사실은 아무리 힘든 시간이 있어도 지나간다는 것이다. 그 당시 나를 그렇게 괴롭히던 손님도 지나고 생각해보면 그냥 웃고 넘어가게 된다. 그 당시에는 그렇게 밉고 이해가 되지 않던 손님이 말이다. 그래서 나는 그 순간에 내 감정에 반응하지 않고 넘기는 법을 배우기 시작했다.

비행을 하면서 모든 것을 이성으로 이해하려고 하면 안 된다는 것 또한 배웠다. 때로는 다양한 이유들로 누군가에는 아무 것도 아닌 일이 다른 이에게는 큰 이슈가 되기도 하기 때문이다. 그래서 모든 것을 100% 이해해야 한다는 생각을 버리고, 최대한 상대방의 입장이 되어 그들의 감정을 그대로 받아들이려고 한다.

다양한 우여곡절 속에서 비행이라는 일상을 잘 견디고 나면 보상처럼 때로는 손님들에게, 때로는 동료들에게 좋은 칭찬의 말 한마디를 듣게 된다. 나의 고군분투를 알아준 양 말이다.

그 순간 나는 힘들었던 육체와 지쳤던 정신에 새로운 에너지가 쏟아나면서 나도 모르는 사이 어린아이 모드로 바뀐다. 마치 내 노고를 알아주고 수고했다고 잘했다고 칭찬해주는 기분이 들기 때문이다. 그리고는 마냥 행복해진다. 이 행복감이 나를 지금까지 즐겁게 비행하게 해준 원동력이 아닐까 싶다.

사람이 어디에 비중을 두고 사느냐에 따라 보는 관점이 달라진다. 어떤 일에 있어서 부정적인 면을 부각시키고 거기에 비중을 둔다면 무엇을 해도 결코 행복하지 않을 것이다. 또한 '힘들다' 생각하면 더 힘들어지고 지치게 된다.

반면 긍정적인 면에 집중하고 부각시키려고 한다면 아무리 힘든 상황이 와도 결국에는 생각보다 괜찮아진다. 그리고 '괜찮아'라고 생각하면 정말 놀랍게도 힘들다고 생각했던 일들이 괜찮아진다. 이렇듯 생각이 나의 행동을 지배하게 되고, 내 행동이 다른 결과를 만들게 되는 것이다.

그래서 나는 '내 일이 좋고 비행을 할 수 있음에 행복하다'라는 말을 의도적으로 자주 나에게 건넨다. 힘든 상황보다는 긍정적인 것들에 집중하면서 말이다. 그렇게 비행을 해온 10년을 뒤돌아보면 힘들었던 기억보다는 즐거웠던 기억이 더 많다. 아픔보다는 감사함으로 더 채워져 있는 시간들이었다. 그래서 나는 오늘도 공항으로 출근하러 가는 발걸음이 가볍고 행복하다.

✈

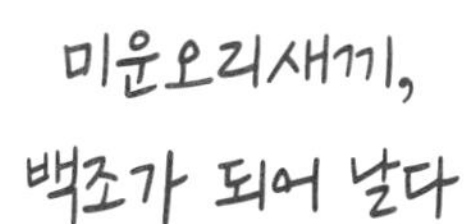

나는 소위 말하는 미운오리새끼였다. 남들과 걸어가는 방향도 달랐고 생각도 달랐다. 그렇다고 특별하게 잘난 것도, 뛰어난 스펙이라고 불릴 만한 것도 없었다.

잘 다니던 대학교를 때려치우고 일하기 시작하는가 하면, 어떤 일은 당차게 시작했다가 1년이 안 되서 때려치운 적도 많다. 그러다 뉴질랜드로 떠나겠다고 해서 날아가더니 워크 비자를 받고 나서 얼마 되지 않아 승무원이 되겠다고 했다. 승무원이 되어 비행을 하다 결혼을 하고 출산을 한 뒤, 다시 싱글맘이 되어 비행을 시작했다.

이런 나를 보고 사람들이 뒤에서 수군거리는 소리도 참 많이 들었다. 최상의 수준이 아닌 내 영어, 고졸 출신, 싱글맘, 이 모든 것들이 다른 이들에게는 뒷담화 거리 그 이상 그 이하도 아니었다. 그들은 쉽게 이야기

에티하드 항공 유니폼 입고 한 컷

하고 쉽게 평가했다. 그들은 나의 능력에 물음표를 달았고, 내 꿈을 비웃었다.

처음 승무원이 되었을 때, 그 당시 에미레이트 항공에서 고졸 출신 한국인은 내가 유일무이했다고 알고 있다. 역시나 외국 임에도 한국인 승무원들 사이에서는 어느 대학 출신인지와 전공이 무엇인지에 관한 대화는 빠지지 않았다. 내가 고졸 출신이라고 하면 놀라던 그들의 표정이 아직도 선하다. 하지만 지금은 그때와는 다르게 대학교를 졸업하지 않고 온 친구들이 꽤 있는 걸로 알고 있다.

그때 당시, 물론 지금도 일부 사람들은 내 앞에서는 "와, 언니 대단하다"라고 하고 뒤에서는 "그 언니 대학 안 다녔대"라며 웃었다. 영어도 제대로 된 교육을 받고 배운 것이 아니라 잘하지 못한다는 비웃음도 들었다.

그들과 같은 길을 걸어오지 않은 나는 이방인이었다.

그 누군가에게는 꿈의 직장인 에미레이트 항공 전직의 타이틀을 가지고도 한국은 여전히 싱글맘에 좋은 스펙 없이는 살아가기 녹록치 않았다. 그래서 오랜 고민 끝에 다시 비행을 시작하기로 마음을 먹고 도전해서 에티하드 항공에 입사하게 되었다.

에티하드 항공에 들어와서 한국인들 사이에서 내가 싱글맘이라는 것이 이슈였다. 세상에 목숨과 바꿔도 부족한, 고작 두 살 밖에 되지 않은 아들을 떼어놓고 먼 타지에서 일하겠다고 결정한 마음을 그 누가 제대로 이해할 수 있을까? 그렇게 비행이 끝나고 돌아온 숙소에서 아들이 보고 싶어서 늘 눈물 훔치는 마음을 누가 알까? 마음을 알아주길 바라는 건 나의 욕심에 불과했다.

내 앞에서는 '멋있다, 대단하다'라는 달콤한 말로 응원해주던 친구들이 뒤에서 나를 '애기 버리고 혼자 살겠다고 비행하는 사람'이라 말하고 다녔다. 물론 진심을 다해 나를 응원해준 친구들도 많았지만, 처음 이런 말을 들었을 때는 억장이 무너지고 속상함에 눈물이 멈추지 않았다. 그때는 좋은 말보다 가슴 아픈 말이 조금 더 내 가슴에 머물렀다 갔다.

그렇지만 나는 그런 순간 스스로를 다독였다. 이렇게 아프다고 울고 있어서는 안 된다고 말이다. 나중에 성공하는 자가 결국 웃을 수 있다는 말로 스스로를 위로하며 버텼다.

비행을 하면서도 종종 외국인 승무원들에게서도 나를 이해할 수 없다는 식의 말을 듣곤 했다. 어떻게 자식을 놓고 올 수 있냐면서. 자식을 낳아보지도 키워보지도 않은 것을 떠나 나의 상황을 하나도 모르면서 자신의 기준에 대고 평가하고 판단하던 그 친구의 말이 나는 참 많이 아팠다. 하지만 그 친구를 이해시킬 필요도 그러고 싶지도 않았다. 대신 나는 말을 아꼈다. 가슴이 쓰리고 눈물이 났지만 무너질 수 없었다. 난 아들을 위해서라도 무너져서는 안 되었기 때문이다.

인생을 살아가다 보면 누구나 세상에, 때로는 주변에 치이고 상처받고 아파한다. 나도 그랬다. 고귀한 한 아이의 엄마가 되어 다시 돌아간 승무원 세계, 말하기 좋아하는 여자들이 모여 있는 그곳은 나의 가슴에 큰 아픔과 상처를 주었다.

그들의 말이 신경 쓰이지 않았냐고? 아니다, 무척이나 신경이 쓰였다. 많이 아팠다. 상처가 되었고 울기도 참 많이 울었다. 이런 감정들은 위에 언급했듯이 다른 형태로 누구나 겪고 또 언제 어디서든 겪는다. 그렇기에 상처를 받지 않는 것이 중요한 것이 아니라 상처를 받더라도 내가 어떤 행동을 취하느냐가 중요하다.

✈

나는 남들이 나를 미운오리새끼라 놀려도 상관하지 않기로 했다. 아니, 오히려 그 말들은 나를 움직이게 하는 원동력이 되었다. 그리고 스스로에게 다짐했다, 백조가 되겠노라고. 그들이 뒤에서 나의 이야기를 한다는 것은 그만큼 내가 그들에게 질투, 시기의 대상이 되었다는 걸로 해석했다. 나는 남들에게 인정받기 위해 애쓰지 않기로 했다. 대신 나에게 인정받기 위해 노력했다.

나는 에티하드 항공에 입사를 결심한 그 순간부터 정한 목표가 있었다. 그것은 바로 '사무장'이 되기 위해서 가능한 빨리 '부사무장'이 되는 것이었다. 이런 목표를 나는 공공연히 말하고 다녔다. 이루기 위해서 일부러 더 알리고 다녔던 것이다. '그 영어 실력으로 부사무장이 되겠어'부터 '부사무장은 아무나 하나?'라는 소리도 들었다. 입사하고 비즈니스로의 느린 승진은 그들의 비웃음이 현실화되는 것처럼 보였다. 속상하고 자존심도 상했었다. 그렇지만 내 사전에 포기란 없다. 나는 더 악착같이 일했다. 더 나은, 더 발전된 모습을 보이려고 노력했다. 그렇게 2년 만에 비즈니스석으로 승진했다. 이제 내 꿈에 한 발 가까워진 것 같은 기분이 들었다. 그 에너지로 더 열심히 뛰었다. 그리고 1년 뒤, 나는 모든 이들의 비웃음을 뒤로 하고 당당하게 부사무장이 되었다.

처음에는 내가 그저 그 누군가에게 뒷담화 거리였다는 사실에 너무 화가 나고 가슴이 아팠다. 무너지기도 했다. 일이고 뭐고 그만두고 가고 싶었다. 하지만 난 그럴 수 없었다. 나와 내 아들을 위해서 다니던 직장을 그만두고 육아에 전념하고 계신 어머니와 내 아들 율을 위해서 난 버텨야 했다.

아들과의 시간과 바꾼 아부다비에서의 시간을 낭비할 수 없었다. 조금 더 값어치 있고 귀하게 보내고자 늘 나는 자기계발과 발전에 매달렸다. 나는 목표를 설정하고 달렸다. 독서를 했다. 강의를 하고 책을 쓰겠다는 목표를 이루기 위해 원고를 쓰고 다듬었다. 또한 온라인을 통해서 자기계발에 도움이 되는 프로그램을 수강했다. 쉬는 날이 3일 이상인 경우 난 아들을 보기 위해 늘 하늘을 날라 한국에 왔다. 다시 비행을 시작하는 순간부터 사무장이 되겠다고 마음을 먹었고 뛰기 시작했다.

남들이 뒤에서 나를 미운오리라 놀리든지 말든지 개의치 않기로 했다. 그들에게 보이는 모습이 아닌 나에게 보이는 모습이 중요하다는 것을 깨달았기 때문이다.

내가 나를 백조로 보고 노력하는 이상 나는 백조였다. 그렇게 나를 발전시켜 나갔다.

남들보다 빠른 3년이라는 시간 안에 부사무장을 달았다. 강의 실력은 늘었고 제자들은 많아졌다. 나의 가르침으로 승무원이 되어 나를 선생님으로서 뿌듯하게 해주는 친구들이 늘어갔다. 그런 나의 가르침을 책으로 만들고 싶었다. 그렇게 1년을 원고쓰기에 매달렸다. 그리고 맨땅에 헤딩하는 마음으로 80여 군데의 출판사에 투고했다. 결과는 거절. 하지만 나는 좌절하지 않았다. 그리고 다시 마음을 가다듬고 원고를 다듬어 나갔다. 그러던 중 한 출판사와 인연이 되었다.

2016년 10월 3일《승무원 영어면접 스킬》이라는 멋진 책이 나의 이름을 달고 출판되었다. 그리고 2018년 내 삶의 이야기를 통해 '내가 했으면 당신도 해낼 수 있다'는 메시지를 담은 이 개인저서를 집필했다. 현재의 나는 대형 항공사의 부사무장이자 누군가의 멘토, 그리고 작가의 삶을 살고 있다. 그렇게 나는 내 스스로를 백조로 만들었다.

사람들은 남의 이야기 하는 것을 좋아한다. 때로는 그런 것들로 인해 상처받기도 하고 좌절하기도 한다. 하지만 주변에서 나에 대해서 평가하고 이야기하는 것보다 더 중요한 것이 있음을 잊어서는 안 된다. 그것은 바로 내가 생각하고 평가하는 나 자신이다. 주변의 말들에 휩쓸려 본인 스스로에 대한 믿음과 자존감을 버린다면 그것이야말로 정말 큰 불행이다. 나에 대한 믿음으로 버텨야 한다. 그냥 버티는 것이 아니라 현명하게 버텨야 한다.

눈물을 훔치면서 방 한구석에 쪼그려 앉아 있는 것이 아니라 눈물을 머금고 뭐라도 해라. 내가 그랬다. 나는 책상 앞에 앉아 눈물을 삼키고 강의를 했고 원고를 써내려갔다. 집에서 조금 전까지 눈물을 흘리다가 비행가서는 아파도 웃었다. 그렇게 나는 스스로 버텨나갔다.

그렇게 나의 하루는 조금씩 변해갔고, 나의 일 년은 달라졌다. 지금도 나는 더 멋진 백조가 되기 위해서 하루하루를 멋지게 버티고 있다. 치열하게 버텨왔던 그 순간들이 변화를 가져오기 시작했다. 더 이상 주변의 말에 아프지 않게 되었다. 그런 말들을 하던 친구들이 오히려 나를 부러워하기 시작했다. 나는 더 당당해지고 멋져졌다.

당신의 오늘을 어떤가? 주변의 시선에 상처받고 울고만 있지는 않은가? 그렇다면 지금 당장 그 눈물을 멈추고 내 안에 잠자고 있는 백조를 끌어내기 위해 뛰어라.

누구나 내 안의 백조가 있다. 그것을 다만 못 보고 있을 뿐이다. 내가 스스로를 백조로 생각한다면 나는 백조이다.

자, 이제 내 안의 백조를 깨워 세상 밖으로 멋지게 비상할 준비를 지금 당장 시작하라.

승무원, 내 인생의 끝이 아닌 시작점이다

승무원, 이 타이틀은 늘 나를 가슴 뛰게 한다.

20대 중반부터 승무원이라는 타이틀을 안고 많은 시행착오를 겪으면서 지금 여기까지 걸어왔다. 승무원이 되어서 그 전에는 보이지 않던 세상이 보이고 시야가 넓어졌다. 도전 정신은 더 강해져 다양한 시도를 통해 실패도 하고 성공도 했다. 그렇게 승무원은 나에게 다양한 기회를 제공해 주었다.

그동안의 무수한 도전을 통해 한계를 넘어서고 이겨내고 발전하는 능력을 키웠다. 다양한 꿈을 꾸고 새로운 목표를 세우기 시작했다. 지금 그 목표들을 이루기 위해 노력하면서 아름다운 인생 제 3막을 멋지게 준비하고 있다.

처음 승무원이 되면, 학수고대하던 승무원이 되었다는 성취감에 하루하루가 행복하다. 비행을 가서 다양한 승무원들과 어울리고 여러 나라를 둘러보는 재미에 빠져 한 1년 정도는 정신없이 보낸다. 그러다 무료함이라는 것이 찾아온다. 비행도 어느 정도 익숙해지고 나니 일종의 루틴이 된다. 비행하고 쉬고 먹고 다시 비행 갔다 와서 쉬고 자고를 반복한다. 비행만 하면서 시간은 가고 특별히 발전되지 않고 도태되는 느낌이 든다.

한국에 가서 친구들을 만나도 대화를 하다 보면 서로 이해할 수 없는 이야기들로 가득 찬다. 세계여행이 꿈이고 외국인과 만나는 것이 멋져 보이는 친구들에게 내가 힘들다 하는 부분들은 그들에게는 환상의 모습이기에 나의 불평을 이해하지 못한다.

한국의 현실과는 점점 멀어지는 것 같다. 에너지는 점점 고갈되고 비행을 갔다 오면 쉽게 피곤해진다. 그래서 자고 또 잔다. 이유를 알 수 없는 무료함이 내 안에서 점점 번져나가기 시작한다. 그러다 보니 그만두고 싶어진다. 근데 그만둘 수가 없다. 이렇게 일하고 이 정도의 월급에 혜택을 받기란 어디서도 쉽지 않다는 것을 알기 때문이다. 그렇게 오늘 또 아무 생각 없이 비행을 간다.

보통 승무원이 되고 나서 느끼는 기분과 행동들이다. 나 역시도 느끼고 경험했다. 한국인뿐만 아니라 많은 외국 승무원들도 막상 승무원이 되고 나서 오히려 인생의 방황을 시작한다.

에티하드 항공 부사무장 박혜경

비단 이런 감정이나 생각들은 승무원이라는 직업에만 국한되어 있다고 생각하지 않는다. 어느 직종에서든 일을 하다 보면 느껴지는 것들이다. 다만 승무원이라는 직업은 함정이 있다. 승무원은 그만두면 이 직종의 장점을 살려서 전문가의 입장이 되어 할 일이 거의 없다.

그러다 보니 많은 전직 승무원들이 영어강사나 승무원 양성학원 강사가 되곤 한다. 실제로 영어강사의 일을 하고 있는 나이기에 이 직업이 나쁘다는 말이 아니다. 다만 나의 다양한 가능성을 높여 승무원 그 이후의 삶을 준비해야 한다는 말이다.

✈

실제 비행하다 보면 많은 승무원들이 하소연을 한다.

"언니 그만두고 싶은데, 한국에 돌아가면 할 것이 없어서 못 그만두겠어요."

그러다 보니 승무원을 그만두는 계기는 보통은 결혼이다.

남들이 모두 부러워하는 에미레이트 승무원으로 일하면서도 나는 자꾸 도태되는 기분이 들었다. 한국의 현실과는 멀어지고 친구들과의 대화는 공감을 느끼기 힘들어졌다. 해외에서 살겠다는 나의 꿈은 이루어졌고, 좋은 조건에 많은 이들의 선망의 대상인 직업에 종사한다는 기쁨도 컸다. 하지만 1년 뒤부터 무료함과 도태되는 기분이 점점 심해져 갔다.

그런 기분을 안고 비행을 가고 자고 쉬기의 연속인 비행가기를 반복하면서 3년을 버텼다. 그랬다. 말 그대로 나의 에미레이트 항공에서의 삶은 버티기였다. 그냥 말 그대로 목적 없는 버티기일 뿐이었다.

인생은 어찌 보면 버티기의 일종이다. 하지만 여기에 멋짐을 더해 내 삶의 하루하루를 능동적이고 적극적으로 버텨간다면 어떨까? 단연코 그 인생은 성장과 발전의 연속으로 성공이라는 이름에 가까워질 것이다.

한 번의 목적 없는 버티기를 견뎌낸 나는 두 번째의 승무원 삶은 다르게 살기로 결심했다. 단순 승무원으로서의 삶이 아닌 그 이상을 만들어

내기로 결심하고 실행에 옮겼다.

하루의 시간을 주어진 일이나 지금 하고 있는 일만 하면서 보낸 것이 아니라 그동안은 생각도 안 해 봤던 일, 남들이 절대 하지 못할 것이라고 생각하는 일들을 해보기로 했다.

어찌 보면 내가 승무원이 된 것도 남들이 절대 하지 못할 것이라고 여겼던 일이었다. 혹자는 기회가 좋아서라고, 운이 따랐다고 했다. 하지만 두 번째 항공사까지 단 한 번의 면접으로 합격한 나는 내가 절대 하지 못할 일은 없다는 강한 신념을 가지게 되었다. 그래서 나는 에티하드 항공에 입사하고 나서 여러 가지 꿈, 즉 목표를 세웠다. 소중한 시간들을 더 가치 있는 시간들로 만들고자 했다.

첫 번째가 최대한 빨리 부사무장이 되는 것이었다. 나는 에미레이트 항공 시절 아무런 꿈이 없었다. '부사무장' '사무장'이란 타이틀은 나를 위한 것이라고 감히 생각해본 적도 없었다. 너무 높아 보였기에 굳이 이루고자 하는 마음을 갖지 않았다.

하지만 그것이 실수였다는 것을 뒤늦게 깨닫게 되었다. 꿈조차 꾸지 않았기에 이루고자 어떤 노력도 하지 않았던 것이다. 노력할 필요가 없는 상황으로 나를 내몰아 놓은 것이다. 그래서 에티하드 항공에 들어오기 전부터 나는 사무장을 최종 목표로 두고 입사를 결심했다.

두 번째는 멘토링을 통해 다른 이들의 삶에 선하고 좋은 영향을 미치는 것이었다. 많은 자질을 가지고 승무원을 꿈꾸는 친구들이 많다. 그런 친구들에게 선한 영향을 미치고 좋은 방향으로 이끌어주고자 하는 것이 목표였다. 그렇게 각자가 가진 꿈을 조금이라도 빨리 이루는데 도움이 되어 그들의 삶에 변화와 좋은 영향을 주고 싶었다.

그 목표를 이루기 위해서 나는 지난 6년을 끊임없이 노력했다. 비행을 할 때는 기본적인 내 업무에 충실함과 동시에 무엇이든 배우고자 노력했다. 한국과 아부다비를 오가면서 온, 오프라인 멘토링을 통해서 승무원을 꿈꾸는 이들에게 쓴소리와 격려 그리고 방향성을 제시하면서 바쁜 시간을 보냈다. 나는 강사라는 포지션을 꿈꿔 본 적이 없었다. 하지만 나의 삶에 대한 열정은 자연스럽게 나에게 다양한 시선으로 세상을 보게 해주었고, 나를 강사로 만들어 주었다.

도전은 늘 또다른 새로운 도전으로 나를 이끌어 준다. 승무원에서 부사무장으로, 강사로 도전에 성공한 나는 세 번째로 작가라는 꿈을 꾸기 시작했다. 다수에게 도움이 되고자 더 다양한 소통 방법을 찾기 시작했고, 나 또한 더 성장하고 싶은 욕심이었다.

나는 내 제자들에게 늘 강조한다.

"승무원은 너희들 인생에서 성취의 끝이 아닌 시작점이 되어야 한다."

꿈 너머 꿈을 꾸는 버릇을 지금부터 들여야 한다. 그래야 한 가지 꿈만 꾸고 그것을 막상 이루고 나서 방황하거나 현실 안주에 빠지지 않게 되기 때문이다. 오히려 꿈 너머를 보는 습관을 들이면, 꿈을 이룰 때마다 현실 만족에 시선을 두지 않고 스스로의 발전 가능성에 중점을 두게 된다. 그리고 무한 실행력으로 불가능도 가능으로 만들 수 있는 능력이 생긴다.

사람에게는 누구나 가슴 뛰는 삶을 살 권리가 있고 그렇게 살 수 있다. 그러기 위해서는 스스로 자신의 잠든 가슴을 뛰게 만들어야 한다. 당신이 가슴 뛰는 열정과 함께 노력을 한다면 세상에 이루지 못할 것은 아무것도 없다.

이제 꿈 너머 꿈을 꾸면서 당신 안에 고이 자고 있는 거인을 깨워라. 그리고 그 거인과 함께 멋진 인생을 살기 위해 최선을 다하는 열정으로 하루를 보내라.

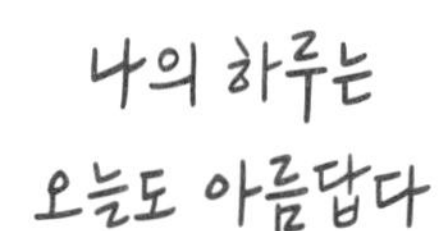

새벽 비행 뒤, 집에 돌아오니 시계는 벌써 오전 8시를 가리킨다. 간단하게 아침식사를 하고 샤워를 한다. 그리고 3시간 정도 숙면을 취한 뒤 알람 소리에 잠에서 깬다. 커피와 함께 잠에서 깬 나는 열정적인 5시간의 연속 강의를 마치고 조금 숨을 돌린다.

현직 제자와의 미팅이 잡혀 있다. 조금 일찍 집에 도착한 제자가 거실에서 강의가 끝나기를 기다린다. 강의를 마친 후 간단하게 늦은 점심이자 이른 저녁을 함께한다. 승무원 영어면접 강사를 꿈꾸는 현직 제자는 나에게 일대일 강의를 듣고 있다. 3시간이 넘는 노하우 전수를 마친 나는 제자를 배웅한다.

밤 11시, 그렇게 제자를 보내고 나는 다시 컴퓨터를 켠다. 그리고 개인 저서 원고를 쓰기 시작한다. 이것이 내 하루 일과이자 보통의 하루이다.

바쁜 하루를 보내고 나면 왠지 모를 뿌듯함에 스스로가 너무 대견스럽다. 하루를 열심히 산 느낌에 기분이 좋아지고 누군가의 삶에 도움을 준 것 같아 기쁘다.

바쁘게 지내면서 하루를 만들어가는 것, 멋지지 않은가? 나는 이 바쁨이 좋다. 시간 가는 줄 모르고 열정적으로 강의를 하거나 비행을 하거나 원고를 쓰고 있는 내 모습을 보면 나의 하루가 너무 값지고 아름답다. 그리고 그런 하루를 만들어가기 위해서 늘 고군분투하고 있는 내가 기특하기도 하다.

그렇다고 내가 매일을 이렇게 바쁘고 시간 관리 잘하면서 알차기만 한 하루를 보내느냐고?

나의 대답은 'NO'이다. 절대 그렇지 않다.

어느 날은 내가 생각해도 멋지고 값어치 있는 하루를 보냈다 싶으면 어느 날은 아무 것도 하지 않고 빈둥거리거나 스마트폰만 만지작거린다. 어느 날은 비행 뒤 피곤함에 절어 10시간을 자도 피곤함을 호소하며 아무것도 하지 않고 멍을 때리기도 한다. 해야 할 일이 있음을 알면서도 나 역시도 빈둥거린다.

이렇게 귀한 시간을 무의미하게 흘려보낸 날은 꼭 후회라는 녀석이 따라와 나를 괴롭힌다. 그러면 기분이 더 안 좋아진다. 그 안 좋은 기분은 나를 더 우울하게 한다. 그 우울함에 부정적인 기운이 내 정신에 스며든다. 이것이 바로 악순환이다.

사람의 인생이라는 것은 늘 좋을 수만은 없다. 좋은 날도 있고 힘든 날도 있기 마련이다. 어떤 날은 모든 일이 술술 풀리고 좋은 소식에 행복하고 내가 하는 일에 작은 성과라도 보여 기쁘다. 이유 없이 기분이 좋은 날도 있고, 하는 일마다 잘 풀릴 때는 더할 나위 없이 좋다.

반면 어느 날은 머피의 법칙처럼 하는 일마다 제대로 안 풀리고 의욕도 없고 기분도 안 좋다. 그러다 보니 내가 하는 모든 것이 부질없이 느껴지고 부정적인 기운이 온 몸에 퍼져 나간다. 때로는 '슬럼프'라는 이름으로 때로는 '힘듦'이라는 이름으로 이런 일들도 우리의 일상을 늘 파고든다.

이런 악순환은 누구나 경험한다. 나 역시도 늘 이런 악순환을 경험한다. 비행가서 드라마*승무원들 사이에서는 비행에서 일어나는 극적이거나 힘든 상황들을 드라마라고 표현한다*를 몇 컷, 그것도 다양한 시나리오를 찍고 돌아오면 정신적으로나 육체적으로 피곤함이 극에 달한다. 비행에서 있었던 일들 중 감정 소모가 심했던 일들은 집에 와서까지도 나를 괴롭히기도 한다. 악순환의 시작을 알리는 순간이다.

중요한 것은 '아, 이건 아닌데'라는 생각이 든다면 그 악순환의 고리를 끊어내기 위한 노력이 필요하다는 것이다. 그 노력이 어떤 것이라고 해도 좋다. 그 노력을 통해서 악순환의 고리를 끊고 선순환으로 돌릴 수 있다면 무엇이든 상관없다.

나는 이런 악순환을 끊는 여러 가지 방법을 10여 년에 걸쳐 만들어왔다. 다양한 환경에 따라 다른 방법을 사용한다. 때로는 늘 먹히던 방법이

소용없는 날도 있다. 그런 날에는 다른 방법을 사용한다. 이런 노력들을 통해서 나는 나의 하루를 멋지고 알차게 보내기 위해서 늘 끊임없이 노력한다. 이런 노력을 하지 않는 날은 어김없이 축축 늘어지고 부정적이 되어 가기 때문이다.

그중에서 내가 가장 좋아하는 방법은 '원서읽기'이다. 이렇게 이야기하면 거창하게 들릴 것이다. 영어 잘한다고 자랑하는 것이냐고 생각할 수도 있다. 하지만 이 방법을 가장 좋아하는 것이 '영어한다고 자랑하나'라는 바로 그 이유 때문이다.

나는 20살이 넘어 본격적인 영어를 공부하기 시작했다. 여기서 고등학교 시절 한 영어 공부는 포함하지 않겠다. 이유는 간단하다. 그 시절 공부는 성적을 위한 공부였지 진정한 영어 공부라고 생각하지 않기 때문이다.

나이 들어서 시작한 영어에, 그것도 공부 머리가 비상한 것도 아니었던 나는 늘 버거움을 느꼈고 그 길이 결코 쉽지 않았다.

내가 처음 원서를 읽기 시작한 것은 에미레이트 항공사에 입사하고 난 뒤였다. 영어 때문에 힘들어하던 나에게 남아프리카공화국 출신 동기가 권해준 방법이다. 큰 소리로 원서를 읽다 보면 발음도 좋아지고 영어가 입 밖으로 자연스럽게 나올 수 있다며 권해주었다.

그 뒤 나는 비행이 없는 날은 얇은 원서를 하나 구입해서 큰 소리로 읽기 시작했다. 특히 자기 계발서를 원서로 구입해서 읽었다. 이유는 자기

계발서는 나에게 의식 확장과 동시에 나의 현실을 직시할 수 있게 해주기 때문이다. 동시에 현실적이고 직접적인 표현으로 되어 있다 보니 실제 대화를 할 때도 많은 도움이 되었다.

그렇게 원서를 읽는 내 모습을 보고 나면 나는 괜스레 뿌듯했다. 원서를 읽고 있는 내 모습을 스스로가 보면서 왠지 뿌듯해진다. 책 안에 담겨진 내용들이 나에게 채찍질도 해주고 위로도 해준다. 그렇게 마음을 다 잡게 되고 희망과 긍정을 보려고 노력하게 된다. 그러다 보니 그런 시간을 보낸 뒤에는 어김없이 행복감이 찾아온다. 그러면 그 전에 있었던 부정적인 생각이나 슬럼프가 사라진다. 그리고 다른 것에 더 집중할 수 있게 된다.

때로는 어려운 환경에서 열심히 사는 이야기를 담은 유튜브나 주어진 환경에 감사함을 느끼게 해주는 기사를 일부러 찾아보기도 한다. 그러면서 내 주변의 작은 것에 감사하려고 노력한다.

주어진 것에 감사를 하다 보면 그 감사한 마음이 다시 나에게 전해져 가슴이 따뜻해지고 긍정의 기운이 생긴다. 예를 들어, 나는 종종 이렇게 승무원으로 일하면서 우리 아들과 가족에게 여행도 많이 시켜주고 좋은 환경에서 지낼 수 있게 해줄 수 있음에 감사한다.

지금 가장 좋아하는 방법은 우리 아들과의 영상통화나 함께 보내는 시간이다. 지치고 기운이 빠질 때도 아들 얼굴 한번 보거나 목소리라도 들으면 안에서 '더 열심히 살아야지'라는 다짐을 하면서 느슨해진 고삐를 다시 잡아당길 수 있는 힘이 생긴다.

나에게 주어진 24시간이라는 시간은 내가 어떻게 살아가고 만들어가

즐겨 보는 원서들

느냐에 따라 무료하고 기운 빠질 수도 있고 아름답고 멋져질 수도 있다. 결국 그 선택은 나에게 달린 것이다.

그래서 나는 오늘도 멋진 하루를 보내기 위해서 다양한 시도와 노력을 하고 있다.

지금 당신의 하루는 어떠한가?

✈

스펙이 아닌
스토리로 인생을 갈아타다

어린 시절 나는 누군가 "넌 나중에 커서 뭐하고 싶어?"라고 물어보면 잘 대답하지 못했다.

그런 나의 10대를 돌이켜보면 나는 꿈이 없었다. 정확히 말하면 꿈이 무엇인지 잘 이해하지 못했기에 없었던 것이 당연했을 것이다.

'멋지게 살고 싶다. 부자가 되고 싶다' 이런 모호한 생각만 가득 차 있었고, '내 인생에 분명 특별한 일이 생길 거야'라는 막연한 기대만 했다. 그러다 이상과 다른 내 현실에 자꾸 작아지거나 화가 나기도 했었다.

멋진 최고의 인생을 살고 싶었다. 하지만 어떻게 최고의 인생을 만드는지 몰랐다. 꿈이 명확하지 않았기에 무엇을 해야 하는 건지 몰라 헤매기를 반복했다. 그렇게 나는 한 치 앞도 모르는 숲을 헤매면서 길을 찾고 있었다. 가시에 찔리고 넘어지고 상처나면서 길을 만들어 나가기 위해서 고군분투하면서 20대를 보냈다.

나는 내 인생을 아름답게 만들기로 결심했고 실행에 옮겼다. 그 과정과 시간은 결코 녹록치 않았다. 힘든 여정이었고 울기도 많이 했다. 아프기도 참 많이 아팠다. 나를 비웃는 주변의 말들은 비수처럼 내 등 뒤에 꽂혔다. 그리고 상처가 됐다.

그 과정을 통해서 나는 배운 것이 있다. 바로 꿈을 꾸는 것이 얼마나 중요한가이다.

꿈은 내 인생의 청사진이다. 특히 꿈이 더 뚜렷하고 확고하다면 더 빠르게 더 나은 인생을 살 수 있게 된다.

처음에는 무조건 숲에 발을 내딛었다. 어디로 가고 싶은지, 어디로 가야 할지 모른 채 무작정 숲으로 들어가 헤매면서 길을 찾았다. 이런 방법은 시간이 오래 걸리거나 방향을 상실하기도 한다. 즉, 많은 실패를 가져다준다. 하지만 꿈, 즉 방향을 정하고 길을 나선다면 어디로 가고자 하는지 알기에 방향을 잃지 않고 시간도 단축될 수 있다. 실패도 적어진다. 실패를 하더라도 배움을 통해 다음 도전에는 더 빨리 목표에 도달하게 해준다.

스킬은 배우면 는다. 능력은 노력하면 만들 수 있다. 다만, 이 모든 것에는 강한 정신력이 있어야 한다. 이유는 단순하다. 실패가 나를 찾아와도, 힘든 상황이 생겨도 강한 정신력으로 버텨내야 하기 때문이다. 그렇게 나는 정신을 강하게 무장시키는 법도 배웠다.

나의 20대는 가진 것이 하나도 없는 빈털터리 신세였다. 하지만 나는 막연한 내 꿈을 이야기하는 버릇이 있었다.

'나는 나중에 외국에 살면서 한국에 휴가로 들어올 거야.' '아버지, 걱정 마세요. 제가 나중에 개인택시 꼭 사 드릴게요.' '엄마 내가 집 큰 곳으로 옮겨 줄게.'

영어면접강사로서 일하고 있던 나는 '영어면접 책을 낼 거야' 같은 말들을 가족과 지인들에게 입버릇처럼 했다.

하지만 그때 당시 내가 한 말을 이루기 위해서 어떻게 해야 하는지, 과연 내가 한 말들이 이루어질지 나는 알 수 없었다. 그렇게 무모한 도전의 연속을 거쳐서 나는 드디어 내가 말한 모든 것들을 이루어냈다.

나는 싱글맘이다. 결혼과 출산으로 경력이 단절된 뒤, 이혼이라는 아픔을 뒤로 하고 한 아이의 자랑스러운 엄마가 되기 위해서 하루를 허투로 보내지 않았다. 엄마라는 단어는 나에게 강한 정신력을 심어주었고 오히려 이혼 뒤 많은 성취를 이룰 수 있었다. 그런 나를 지켜봐 온 나의 소중한 아들은 부사무장이자 작가 그리고 강사인 나를 세상에서 제일 자랑스러워한다.

나의 이 모든 꿈을 이루는데 10년이 넘는 세월이 걸렸다. 길을 몰랐기에 온몸으로 실패를 감내하며 넘어지면 다시 일어나서 걷기를 반복하면서 이루어낸 성취였다.

내가 무엇을 할 수 있겠냐고 비웃던 사람들에게 멋지고 강력한 펀치를 날린 순간들이기도 하다.

나는 꿈을 꾸는 것이 더 이상 어렵지도 두렵지도 않다. 오히려 너무 많은 꿈들이 생겨서 행복한 비명을 지를 정도이다. 30대 후반이 되어서 진정 가슴 뛰는 삶이 무엇인지를 경험하면서 하루하루를 행복한 전투를 하면서 살고 있다.

나는 평생 사람들에게 선하고 좋은 영향을 미치는 작가로서의 삶을 살 것이다. 거창한 스펙이 없이도 내 인생을 아름답게 만들고자 노력한다면 충분하게 그렇게 만들 수 있다는 것을 책을 통해서 알리고 싶다. 그 꿈을 이루기 위해서 바쁜 비행스케줄을 견뎌가면서 늘 원고 집필에 몰두하고 있다. 동시에 사람들에게 동기를 부여해주고 스마트 컷을 제시해 줌으로써 시행착오를 줄이고 빠르게 그들이 목표로 한 꿈에 도달할 수 있도록 돕는 동기부여가가 될 것이다. 또한 승무원을 꿈꾸는 준비생들에게 멘토로서 그들이 꿈을 이루는데 도움이 되는 사람이 되고자 한다.

도전적이고 거칠었던 나의 경험이 다른 이들에게 동기부여가 되고 좋은 영향을 미치면서 그들의 삶에 작은 변화를 주는 것을 보면서 나는 삶의 보람과 가치도 함께 느끼고 있다.

항공사 승무원 준비
직업특강

이런 모든 꿈들은 나의 궁극적인 꿈인 나만의 TV 토크쇼를 만드는 것과 연결된다. 예전에 tvn에서 방송한 〈김미경 쇼〉를 무척이나 즐겨봤다. 그 프로그램을 통해서 힐링을 받고 자기반성을 통해서 더 나은 삶에 대한 동기와 비전을 얻어가는 사람들을 보며 막연하게 나도 언제가 저런 TV 토크쇼를 진행하면서 다른 이들의 삶에 선한 영향을 미치는 삶을 살고 싶다는 생각을 했다. 그 막연한 꿈은 이제 내 삶의 궁극적인 목표가 되었다.

TV 토크쇼 진행자로서 스펙을 고민하며 성공하고자 노력하는 취준생에게는 따뜻하고 현실적인 조언과 함께 따끔한 충고와 독설로 건설적인 방향성을 제시해주고 싶다. 여자이자 엄마로서 경력이 단절되었던 사람들에게는 할 수 있다는 동기부여와 동시에 힘이 되어주며 방향성을 제시해줌으로써 그들의 인생에 실직적인 변화라는 글자를 새겨주고 싶다.

이렇게 내가 경험해온 실패와 성공의 시간들과 그 안에서 배운 인생교훈을 남들과 나누면서 그들의 삶에 긍정적인 변화를 주는 그런 메신저의 삶을 사는 것이 현재 나의 꿈이다.

나는 지금 그 꿈을 이루기 위해서, 그 꿈에 이르는 길을 조금씩 만들어가고 있다. 그렇게 나는 멋진 내 인생을 꿈꾸며 오늘도 주어진 시간에 최선을 다하며 가슴 뛰는 하루를 보낸다.

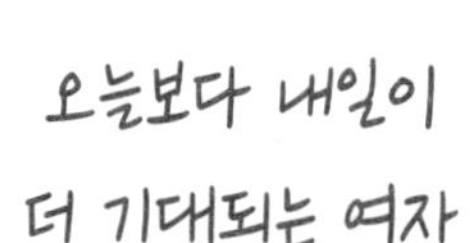

사람들은 종종 과거로 돌아갈 수 있다면 더 나은 삶, 혹은 다른 삶을 살 수 있을 거라고 말을 하곤 한다. 나 역시도 주변 사람들에게 20대로 돌아가고 싶지 않느냐는 말을 듣는다. 그럴 때마다 나는 아주 단호하면서 자신있게 말한다.

"아니요, 저는 과거로 돌아가고 싶지 않습니다. 지금이 아주 좋아요. 저는 10대보다는 20대의 삶이 좋고, 20대의 삶보단 30대인 지금의 삶이 좋습니다. 그리고 앞으로 다가올 40대의 삶이 너무 기대됩니다."

이런 말을 하면 반응은 두 종류이다. 하나는 멋지다는 반응이고 다른 하나는 거짓말이라는 반응이다. 솔직히 그들의 반응이 나에게 미치는 영향은 제로이다. 나는 진심으로 현재가 제일 좋고 행복하기 때문이다. 나는 어제의 나보다 오늘의 내가 더 좋고, 오늘의 나보다 내일의 나를 더 좋아할 것이다.

20대 때는 물론 과거로 돌아가고 싶다는 생각을 종종 했었다. 하지만 30대가 되어서는 전혀 그런 생각이 들지 않는다. 오히려 더 멋지고 아름다운 40대가 기다려진다.

그럴 수 있는 이유가 무엇일까 고민해본 적이 있다. 이유는 간단했다.

나는 하루하루 더 나아지려고 노력하고 있고 그 노력에 대한 결과로 조금씩 더 나은 삶을 살고 있기 때문이다. 20대보다 30대에 오히려 하는 일과 할 수 있는 일들이 늘었다.

20대 초반에는 소위 말하는 세상 밖에서 중심이 되기 위해 무한 노력하는 겉절이 삶을 살았다. 각종 아르바이트를 섭렵하면서 다양한 일 경험은 쌓여갔지만 특별히 삶이 발전되거나 나아진다는 기분은 없었다. 왠지 다람쥐 쳇바퀴 도는 듯한 느낌이 날 채울 뿐이었다.

그러면서도 나는 막연히 '언젠가는 성공할 거야'라는 믿음으로 넘어지면 일어나고, 남들이 비웃으면 더 이를 악물고 버텼다.

그 시간들을 거쳐 20대 중반에는 승무원이라는 포지션을 달면서 내 세상의 중심으로 들어왔다. 한번 들어온 중심에서 벗어나지 않기 위해, 아니 더 안으로 들어가기 위해서 나는 도전을 멈추지 않았다. 우여곡절을 견뎌내면서 30대에는 굴지의 외국 항공사에 부사무장이 되고 책을 출판한 작가가 되고 끊임없는 제자 양성을 통해서 영어면접 분야에 나름 이름 있는 강사가 되었다. 그리고 멘토로서 승무원을 준비하는 준비생에게 선한 영향도 미치고 방송에도 얼굴을 비출 수 있었다.

아무것도 가진 것이 없던 내가, 특별난 재능이라고는 하나도 없었던 내가 이렇게 나에게 주어진 환경에서 많은 것들을 이룰 수 있었던 이유는 단 하나이다.

'할 수 있다는 믿음'

20대 초반, 나는 '할 수 있다'는 밑도 끝도 없는 내 자신에 대한 믿음으로 100:1에 육박하는 경쟁률을 뚫고 멋지게 에미레이트 항공 승무원이 되었다.

그 뒤에도 한계를 설정하기보다는 가능성에 비중을 두고 뭐든 열심히 해온 결과 현재 부사무장 승무원이자 작가 그리고 멘토로 활동할 수 있게 되었다.

멘토링을 하면서 만난 많은 친구들은 늘 자신의 한계를 먼저 정해 놓는다. 그리고 시도도 하기 전에 안 되는 이유들을 찾기 시작한다.

'영어가 부족해서, 토익 점수가 낮아서, 일 경험이 없어서, 나이가 많아서, 돈이 없어서, 좋은 대학을 나오지 못해서' 등등 하지 못하고 할 수 없었던 많은 이유들을 먼저 가지고 온다. 나는 이 부분을 늘 안타깝게 느꼈다. 본인이 두려움과 불확실성으로 만든 한계에 스스로를 가둬놓고 있는 것이기 때문이다.

누구나 자신에 대한 믿음으로 두려움과 불확실성에 대해 도전했을 때 비로소 자신조차 알지 못했던 잠재력이 발산되어 놀라운 성과를 얻게 된다. 그렇게 내 한계를 내가 넘어버리게 된다. 한계를 넘을 때의 그 짜릿함을 한번 겪고 나면 두 번째는 첫 번째보다 쉬워진다. 그 뒤에도 더 나은 모습과 미래를 꿈꾸며 자신을 뛰어넘기 위해 계속 한계를 맞닥뜨리게 되지만 뛰어넘는 것은 전보다 더 수월해진다.

대학을 휴학하고 단돈 200만 원만 가지고 영어도 못하던 내가 뉴질랜드가 가서 포기하지 않고 더 나은 미래를 위해 최선을 다해 노력한 결과 현지인 카페에서 워크 비자를 취득하게 되었다. 이 작은 성취감은 나에게 에미레이트 항공에 도전할 용기를 불러일으켜 주었고, 스펙도 하나 없는 나는 승무원이 될 수 없다는 편견을 깨고 당당하게 승무원에 합격하였다.

그 뒤, 출산의 기쁨과 이혼의 아픔을 겪고 다시 도전장을 내던져 에티하드 항공에 단 한 번에 합격이라는 소식을 받았다. 나의 도전은 거기서 끝나지 않았다. 내 한계를 스스로 실험하면서 도전하여 3년만에 부사무장이라는 타이틀을 거머쥐었다. 그리고 비행과 육아, 강의 속에서 책을 출간하는 기쁨 또한 맛보았다.

과거에 나를 알던 사람들은 내가 이렇게 승무원이 되고 책까지 출간한 모습을 보고 놀라움을 감추지 못했다. 그들이 알고 있던 나는 결코 이런 많은 것들을 할 만한 역량이 전혀 없었던 사람이었기 때문이다.

아무것도 가진 것이 없었던 20대가 나는 너무 고맙다. 가진 것이 없었기에 도전이라는 것을 배웠기 때문이다. 그 많은 도전과 실패를 통해 더 단단해졌기 때문이다. 또한 노력은 절대 배신하지 않는다는 것도 알게 되었다.

그래서 나는 결코 20대로 돌아가고 싶지 않다. 과거로 돌아간다고 그때보다 더 잘할 것 같지도 않다. 그만큼 그때 치열하고 전투적으로 살았기 때문이다. 과거로 돌아갈 시간에 오늘을 더 열정적으로 살고 싶다. 그래서 더 멋진 40대를 맞이할 것이다.

나는 사회가 정한 또는 다른 이들의 잣대로 정해진 한계 속에서 1%의 가능성만 있다면 99%의 두려움과 불확실성이 있다고 해도 스스로에 대한 믿음으로 도전했고 도전하고 있다. 그 1%의 가능성을 믿고 도전하고 노력한 나는 지금 다양한 명함을 가지고 멋진 삶을 살고 있다. 그리고 더 많은 명함을 위해서 도전을 결코 멈추지 않을 것이다.

성공했다고 말할 수는 없지만 성공자의 길을 걸어가고 있다. 유명하다고 말할 수는 없지만 내가 걸어가는 길에서 나를 응원해주고 알아봐주는 사람들이 늘어나고 있다.

에이브러햄 링컨은 이렇게 말했다.

"나는 어제보다 덜 똑똑한 사람은 높이 평가하지 않는다."

조금씩이라도 더 나아지는 것의 중요성을 강조한 것이다. 그런 면에서 나는 하루하루 작은 변화이지만 조금씩 나은 삶을 살고 있다고 감히 말하고 싶다.

그래서 나는 오늘의 나보다 내일의 내가 더 기대가 된다.

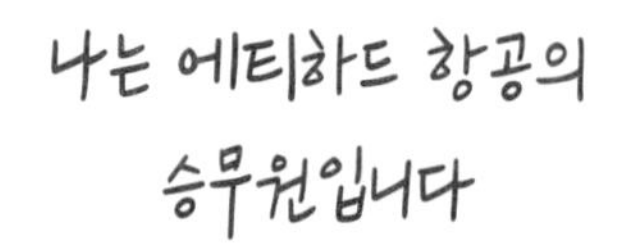

나는 세계 굴지의 항공사 중에 하나인 에티하드 항공의 부사무장 승무원으로 근무 중이다. 5,000만 원이 넘는 높은 연봉에, 한 달에 보름은 비행을 하고 나머지 보름은 쉬는 날이거나 레스트데이비행스케줄에 따라 전후로 무조건 쉬게 되어 있는 날이다. 일 년에 30일 휴가가 있고 전 세계를 내 집 드나들 듯이 한다.

전 세계 항공사 티켓을 직계가족 포함해서 70~90프로 할인된 가격에 구입 가능하고, 승무원증으로 전 세계 공항 면세점과 호텔 등에서 할인 혜택을 받는다.

이런 다양한 혜택으로 윤택한 삶을 살게 해준 승무원이라는 직업은 나에게 다른 가능성 또한 보여주었다. 승무원이라는 직업을 통해 나의 존재가치와 삶의 가치를 깨달았다. 그 깨달음은 월급날만 기다리는 하수의 삶에서 월급에서 자유로운 고수의 삶으로 나를 탈바꿈시켜 주었다.

현재 하루 24시간이 모자랄 정도로 바쁜 삶을 살고 있다. 비행을 하고 집이나 호텔에 가면 조금 쉬고 비행 중 있었던 일에 대한 리포터를 쓴다. 또한 부사무장으로서 함께 비행했던 승무원들에 대한 평가서를 작성한다. 그런 뒤에는 강사이자 멘토로서 승무원을 꿈꾸는 친구들에게 멘토링을 해준다. 시간과 장소는 중요하지 않다. 때로는 호텔 로비에서 스카이프를 이용하거나 상황이 여의치 않으면 음성메시지를 교환하면서 멘토링을 진행한다.

없는 시간을 쪼개서 원고 작업에도 몰입한다. 그런 나에게 커피와 의식을 확장시켜주는 각종 책들은 좋은 친구이자 동료이다. 호텔방, 그리고 세상에 모든 커피숍이 나의 작업 공간이 된다. 새벽 5시 커피와 함께 나는 홍콩에 있는 호텔 방에서 지금 이 원고를 힘차게 써내려가고 있다.

이렇게 하루를 보내고 나면 피곤해야 정상이지만 나는 오히려 에너지가 넘친다. 하루를 보람되고 의미 있게 보낸 것 같아 더 기운이 난다.

나는 지금 30대 후반이다. 체력적으로 생각하면 기운이 더 떨어져야 정상이다. 하지만 나는 20대 중반 비행을 처음 시작했을 때보다 지금 더 기운이 넘친다.

처음 에미레이트 항공에서 비행을 시작하고 일 년 뒤부터 나는 늘 피곤했다. 비행을 하나 마치고 오면 피곤함에 바로 잤다. 심하게는 20시간을 먹지도 않고 잠만 잔 적도 있다. 그런데 자고 나면 피로가 가시지 않고 더 심해졌다. 기운은 더 빠지고 늘 피곤하다는 말을 입에 달고 살았다.

10년이 지난 지금, 나는 그때보다 더 바쁘게 살아가고 있다. 비행은 똑같지만 포지션이 달라지면서 책임감과 하는 업무는 더 늘었다. 비행 외의 시간에는 작가로서 멘토로서 그리고 엄마로서의 역할도 수행한다. 잠은 그때에 비해서 덜 잠에도 불구하고 늘 에너지가 넘친다.

왜일까? 바로 삶을 바라보는 '열정'의 차이였다.

내가 이뤄낸 성취를 보고 어떤 이들은 나에게 운이 좋은 사람이라고 말한다. 내가 이 자리에 오르고 많은 성취를 하게 된 비하인드 스토리는 알지도 알고 싶어 하지도 않으면서 말이다.

사람들은 주변에서 누가 성공하면 그 사람이 걸어온 스토리에는 관심이 없다. 그저 운이 좋아서 기회가 좋아서 그런 성공을 이룰 수 있었다고 치부하며 스스로를 위로한다. 하지만 그들은 오랜 시간 동안 치열하고 전투적으로 삶을 준비해 온 사람들이다. 부단히 준비하고 노력했기에 성장할 수 있었고, 좋은 기회들이 왔을 때 놓치지 않고 잡을 수 있었던 것이다. 행운의 여신은 준비된 자를 찾아가는 법이다. 오랜 시간 노력했기에 그 행운의 여신을 보는 눈을 가지게 되고, 놓치지 않게 되는 것이다.

그들처럼 나 역시 치열하게 준비하고 전투적으로 삶을 살았다. 끊임없는 노력으로 살다 보니 좋은 기회들이 마구 생기기 시작했다.

그렇다고 내가 늘 멋진 삶을 살아왔다는 것은 아니다. 의지박약으로 실패하기를 수십 번, 좌절을 달고 살았던 적도 있다. 높은 이상을 위해 늘 노력은 하는데 현실은 변하지 않았었다. '난 실패자인가'라는 생각에 우울한 나날을 보내기도 했다. 나에게 주어진 일만 하면서 열정이 없는 수동적인 삶을 살아간 적도 있다.

하지만 이런 실패와 좌절을 내가 시행착오의 과정으로 생각하고 다른 삶을 살고자 노력하기 시작하면서 달라지기 시작했다. 다시 말하면, 그런 실패의 시간을 걷고 있는 와중에도 삶에 대한 열정으로 꿈을 포기하지 않고 나에 대한 믿음을 저버리지 않았기에 달라질 수 있었다.

100번의 실패 안에서 한 번의 성취가 생기면 나는 그 성취에 집중했다. 내 인생을 어떻게 살아가야 할지 늘 고민하고 성찰했다. 다양한 시도를 하고 많은 노력을 했다. 그렇게 나는 치열하게 나만의 칼을, 나만의 무기를 갈고 닦기에 몰두했다.

주어진 24시간을 48시간처럼 쓰기 위해서 많은 노력을 했다. 독서는 기본이었고, 자기성찰과 반성을 반복하며 앞으로 나아가기 위해 노력했다. 주어진 일만 열심히 하던 것을 넘어 하고 싶은 것들을 찾기 시작했다. 현실에 안주하고 만족하는 것이 아니라 새로운 도전을 찾아다녔다. 수동적인 삶을 넘어 열정적이고 능동적으로 내 삶을 새롭게 디자인하기 시작한 것이다.

하나의 성취에 만족하지 않고 그 성취를 바탕으로 더 멋진 삶을 꿈꾸고 디자인하기 시작한 뒤 나의 삶은 달라졌다.

✈

승무원이라는 직업을 통해서 나는 결코 노력은 사람을 배신하지 않는다는 것도 배웠다. 내가 다양한 실패를 겪는 와중에도 치열하게 노력하면서 삶을 살아온 결과로 승무원이 되었기 때문이다.

혹자는 나보고 운이 좋아 쉽게 승무원이 되었다고 한다. 하지만 그들은 모른다. 내가 승무원이 되기 전 내 삶을 어떤 노력으로 살았는지. 그래서 나는 뭐든 열심히 하는 노력을 중요시 여긴다. 그 노력이 나에게 어떤 행운을 가져다 줄지 모르기 때문이다.

실패를 할지언정 포기하지 않고 노력하면 삶은 발전하게 되어 있다. 포기 없는 정신으로 나는 승무원이 되어서도 많은 실패를 하였지만, 오히려 그 이상을 얻게 되었다.

더 나은 삶에 대한 내 열정과 노력이 나에게 한계를 부셔버리는 즐거움을 알게 해주었다. 지금도 사람들은 나에게 말한다. 그 정도 했으면 성공한 거라고. 충분하다고.

나는 아직도 갈 길이 멀다. 나는 이제 막 시작했다. 원하는 것이 너무 많고 이루고 싶은 것도 많다. 인생이 내가 디자인한 대로 멋지게 이루어진다는 것을 이제 알았는데 어떻게 멈추겠는가?

한계에 도전하는 즐거움과 무한한 나의 가능성을 알게 해준, 이미 내 안에 거인의 능력을 가지고 있다는 것을 알게 해준 직업, 승무원.

나는 에티하드 항공의 승무원이다.